Michael Wildenhain

Wer sich nicht wehrt

Roman

Ravensburger Buchverlag

Die Deutsche Bibliothek – CIP-Einheitsaufnahme

Wildenhain, Michael:
Wer sich nicht wehrt: Roman / Michael Wildenhain. –
Ravensburg: Ravensburger Buchverl., 1994
(Ravensburger junge Reihe)
ISBN 3-473-35141-5

für Lydia

Ravensburger Junge Reihe

3 2 1 94 95 96

Umschlagzeichnung: Sabine Lochmann
Redaktion: Uwe-Michael Gutzschhahn
Satz: DTP – Quark XPress 3.2
Gesamtherstellung: Ebner Ulm
Printed in Germany

Gedruckt auf Papier aus chlorfrei gebleichtem
Zellstoff ohne optische Aufheller

ISBN 3-473-35141-5

1

Die großen Ferien waren vorbei. Trotzdem blieb der Sommer heiß. Sobald man aus dem Hausflur trat, umfing einen die Glut. Noch roch die Stadt verheißungsvoll – nach Unbekanntem, Abenteuer. Wir aber mußten wieder jeden Morgen, vom Wecker aus dem Bett gerissen, zur Schule gehen.

Es blieb uns nichts, als auf dem Schulweg Käfer von Ästen abzupflücken, sie auf die Handflächen zu setzen, zu streicheln und, indem wir den Zeigefinger für Momente über den Tierchen schweben ließen, zu sagen: »Siehst du, das ist der liebe Gott. Er hilft dir, und er streichelt dich. Jetzt kommt er, um dich besser zu beschützen.« Und dann zerquetschten wir – ein kurzes Knacken – die Käfer auf der Hand zu Mus.

Kein schönes Spiel, aber den Jungen gefiel es, auch den meisten Mädchen. Und den Freunden zu gefallen, war wichtig. Selbst wenn man sich heimlich vor verschmierten Käferresten auf den Händen ekelte.

Wir waren die ersten im großen, dunklen Schulgebäude. Die hohen Fenster beugten sich zu uns herab, und doch drang wenig Licht ins Innere des Hauses. Wir mochten die noch leeren Flure, die sonderbare Ruhe, bevor der Lärm die Gänge füllt. Wir mochten den Geruch nach

frischem Bohnerwachs, den Glanz, bevor die Schuhe ihn verschrammen. Wir wußten nicht, wieso, doch jeder von uns verstand den andern, auch ohne daß wir redeten. Wir waren gute Freunde, und das zählte.
Es war ein altes Schulgebäude, das hallte, wenn man darin lachte. Wir lachten eine Zeitlang, um dem Hallen noch mal hinterherzulachen. Erst dann betraten wir – ein Pulk von sechs, vielleicht auch sieben – den Flur, an dessen Ende das Klassenzimmer lag. Alles war wie immer. Noch nicht einmal ein andrer Raum, in dem die Stunden zäh wie Leim an uns heruntertropfen würden, Tag für Tag.
Ayfer drückte die Klassenzimmertür sanft auf. Und verharrte unterm Rahmen, war mit einem Mal ganz starr. Auch wenn wir nur ihren Rücken sehen konnten, wußten wir: Etwas hatte sich doch geändert. Etwas, das bedrohlich war, das zwischen dem Tanz der Schatten wartete, die die Blätter vor dem Fenster auf den Klassenboden warfen – das nicht einfach wartete, sondern vor uns lauerte: etwas, das das Sonnenlicht trüber werden ließ. Wir spürten es wie einen kalten Luftzug. Und als wir selbst ins Klassenzimmer schauten, da sahen wir zwei kahlgeschorene Köpfe vorn in der ersten Reihe hocken und wußten gleich: Die zwei, die ohne Regung auf die geputzte Tafel starrten, waren anders, ängstigend, groß, sehr breit und kräftig.
An sich war es verwunderlich, daß sie in unserer Klasse saßen. Denn zu uns kamen selten die, die man von andern Schulen des Bezirks verwiesen hatte: Randalierer, Autoknacker, Schüler, die den Lehrerinnen drohten – klick, ein kleines Messer: »Warte, nach der Schule …«

Wir gingen zwar nicht auf ein Gymnasium, sondern auf die Gesamtschule, aber unsere Schule war besser als die meisten Gesamtschulen der Stadt. Wir hatten eine Oberstufe. Man konnte bei uns Abi machen. Auch wenn in allen Klassen bis zur zehnten immer ein paar Schüler saßen, die dumm waren wie Brot: Unsere Schule hatte einen guten Ruf. Denn es gab bei uns Fächer, die es sonst nirgends gab. Wir waren keinesfalls der Abfalleimer des Bezirks.

Nur weil in diesem Jahr die Gelder fehlten und in einigen Schulen Klassen zusammengelegt wurden, hatte man die beiden offenbar zu uns geschickt. Und deshalb saßen sie nun in der ersten Reihe: die Köpfe kahlrasiert, die Schädel auf gedrungenen Hälsen.

Wir mußten uns nicht ansehen, um zu wissen, was wir dachten: Die zwei sind nicht nur Sitzenbleiber, sondern solche, denen man besser aus dem Weg geht.

Ayfer zögerte. Es war ihr Platz und der von Sürel, wo jetzt die beiden Neuen saßen. Wir hörten Sürel schon im Flur. Es war leicht, ihn zu erkennen, denn er rannte. Rannte immer, statt zu gehen. Immer so, als würde er, weil sein Körper zu weit vorn lag, stürzen, doch geschah das nie. Nur seine Füße eilten seinem Körper, egal wie schnell er ging, ein bißchen nach.

Jeder von uns konnte sehen, wie sich Ayfer einen Ruck gab. Möglich, daß nur ich meine Hände, die schon schwitzten, zu verkrampften Fäusten ballte. Ich war schließlich auch der, der Ayfer ganz besonders mochte – obwohl das keiner wußte.

Erst machte Ayfer einen Schritt, dann zwei, drei kurze Trippler. Tippte schließlich dem ersten Kahlkopf auf die

Schulter, sagte: »Hallo.« Dann, als er nicht drauf reagierte: »Das ist mein Platz. Bitte steh auf!«
Wir, die wir noch zaudernd an der Tür zusammenstanden, fanden Ayfer mutig. Andererseits war es unmöglich, einfach mir nichts, dir nichts auf den eigenen Platz zu verzichten: Plätze haben Bedeutung. Und wenn man den eigenen aufgibt, stellt man sich vor allen seinen Freunden bloß.
Ayfer wußte das. Sie wußte es genauso wie wir Deutschen. Da gab es keine Unterschiede. Jeder kannte die Regeln. Jeder mußte sich dran halten. Oder alles wäre sinnlos. Egal, was man sonst noch tat.
Also tippte Ayfer Glatze 1, der rechten, sachte auf die Schulter, atmete tief durch und sagte: »Du, es gibt noch andre Plätze, aber das hier wäre meiner.«
»*Wäre?*« wiederholte Glatze 1 und würdigte Ayfer nicht mal eines Blickes.
Glatze 2, ein dumpfes Gurgeln: »Was heißt wäre?«
Dann erst drehten sich beide langsam um und musterten Ayfer, als seien sie verblüfft, daß jemand neben ihnen stand.
Vielleicht hatten sie sich wirklich von ihr überraschen lassen. Doch wahrscheinlich taten sie nur so. Ihre Blicke wanderten ausgiebig an Ayfer hoch und runter: So eine ist das also, die uns was sagen will!
Der eine schnippte mit den Fingern an der Stelle, wo sie ihn berührt hatte, etwas Unsichtbares – plipp! plipp! und noch mal plipp! – von seinem T-Shirt.
Auf dem T-Shirt stand ein Wort: *Scheiße*. Das Wort war unterstrichen. Es fiel mir auf, als Sürel sich eilig an uns vorbei ins Klassenzimmer drängte.

»Nicht nur *wäre*«, sagte Ayfer, jetzt im Ton schon etwas schärfer, »sondern *ist*!«
Sürel, der nun neben sie trat, nickte. Immer noch schien sich sein Körper viel zu hastig vorwärts zu bewegen. »Es ist unser Platz, versteht ihr?« sagte er. Die beiden Schädel blickten sich nur fragend an.
Sie verschränkten ihre Arme. Doch bevor noch irgend jemand etwas hätte sagen können, ruckten ihre schweren Leiber von den Lehnen weg nach vorn. Und die fast geschlossnen Münder zischten: »Von Kanacken lassen wir uns gar nichts sagen! Merkt euch das!« Danach hörten wir das Klingeln. Mit dem Klingeln wühlte sich unsere Klassenlehrerin zu uns durch. Wir standen immer noch im Türrahmen und glotzten. Stumm, ein regungsloser Pulk, der mit offenen Mündern staunte. Auch wir nannten im Streit manchmal einen Türken Scheiß-Kanacke. Doch das war nur so gesagt, während man dem Ton der Glatzen anhörte, daß für sie jeder Türke ein Kanacke war.
Nichts geschah, obwohl wir horchten. Wie Nebel blieb der Satz im Klassenzimmer hängen. Eilig lief die Lehrerin nach vorn zu ihrem Pult. Sah sich um, sah auch Ayfer, die sehr blaß geworden war. Hatte sicherlich auch Sürel, der sich auf sie zu bewegte, schon bemerkt und hätte doch als Lehrerin etwas unternehmen müssen. Aber unsere Lehrerin – Maren Schubert: »Für euch Maren!« –, die wir seit der siebten Klasse, also seit zwei Jahren hatten, sah die beiden sitzen, Glatze 1 und Glatze 2, jetzt zurückgelehnt, die Arme klobig vor dem breiten Brustkorb. Sah sich um und meinte: »Ach! Ihr habt euch anders hingesetzt?«

Pause, dann: »Das ist doch hübsch.« Eines ihrer Lieblingsworte. Doch es klang, als würde sie selbst nicht glauben, was sie sagte.
Ihre Augen blinzelten: »Wartet rasch, ich muß noch etwas holen.«
Kurzes Flattern, und im Raum blieb nur der Geruch ihres Deos. Und die Stille, die sich vorzutasten schien. Ein Krake, groß, häßlich, gemein und ungerührt.
Jeder konnte sehen, daß Ayfer vor Erregung bleich war und sich nur mit Mühe noch beherrschte. Dennoch hielt sie Sürel fest, der schon einen Schritt auf seinen Platz zu machen wollte. Und sie murmelte mit weißen Lippen: »Warte!«
Durch ihren Körper ging ein Ruck. Diesmal mußte sie nicht trippeln, sondern baute sich entschlossen vor dem Kahlkopf Nummer 1 auf und tippte ihm noch einmal an die rechte Schulter. Dann sagte sie mit Nachdruck: »Da gibt es nichts zu schnippen, nur weil dich jemand antippt. Also steh jetzt auf.«
Diesmal war das knappe Schweigen angespannt. Und weil wir uns unwohl fühlten, malten wir mit unseren Schuhen auf den Klassenboden Muster, die wir danach angestrengt betrachteten, als könne man noch etwas dran verbessern.
Glatze 1 stand auf und trat dicht an sie heran. Er hob sogar die eine Hand, als ob er Ayfer schlagen wolle. Doch der rechte Arm blieb ihm plötzlich in der Leere hängen. Und man sah, daß er sich etwas anderes hatte einfallen lassen. Immer noch gespanntes Schweigen. Dann trat er zurück und legte Ayfer beide Hände auf die Brüste.

Was danach geschah, ist schwierig eins nach dem andern zu erzählen, obwohl ich nah bei Ayfer stand. Denn die Dinge kamen durcheinander.
Ayfer wich, obwohl es viele sicherlich erwartet hatten, nicht zurück. Sie nahm die Finger des großen, breiten Kahlkopfs einzeln und vorsichtig, als seien sie zerbrechlich, zwischen ihre Fingerspitzen, sammelte sie sorgfältig vorn von ihrem hellen T-Shirt ab.
Ihr Gesicht war dabei leer, durchsichtig wie Wasser. Nur die Augen brannten schwarz, tief versteckt in ihren Höhlen.
Glatze 1 tat nichts dagegen. Er besah sich weder seine Hände noch die Ayfers, zog die Pranken auch nicht vor ihr weg. Nur das Lächeln, das er sich aufs Gesicht geheftet hatte, schien ihm auf den Lippen zu gefrieren.
Aber er hielt wie unter Hypnose still, folgte mit den Augen jeder der Bewegungen – Ayfer war mit einem Mal wieder eine Türkin. Nicht mehr nur dem Namen nach, sondern ganz: ihr Kopf, der Körper. Plötzlich hatte jemand etwas in ihr aufgerissen, das man sonst im Alltag nicht bemerkte. Doch das sah vielleicht nur ich.
Klar, auch jedes deutsche Mädchen hätte sich erschrocken: Keiner von uns legte unvermittelt seine Hand auf den Busen eines Mädchens. Aber jedes deutsche Mädchen hätte laut geschimpft und wäre nicht bloß innerlich erstarrt wie die Frau der Bibel, die zu Salz wird.
All das ahnte wohl auch der Kahlkopf, aber er war erst einmal verblüfft. So, als sei ihm unvermutet etwas in der Hand zerbrochen. Auch als einige von uns anfingen, ihn auszubuhen, tat sich wenig. Er blieb stehen, ebenso wie

Ayfer. Doppeldenkmal aus Beton, auf dem sogar Vögel hätten landen können.
Das Ganze dauerte nicht länger als ein paar Sekunden. Als Sürel vorschnellte und sich auf den Kahlkopf warf, wie ein wild gewordener Hamster an ihm hing und nach seinen Beinen trat, schubste der Kahlrasierte Ayfer zwischen Tisch und Stühle, daß es krachte.
Immer noch schien alles Blut aus ihrem Gesicht gewichen. Wie ein Sack fiel sie zu Boden. Hielt sich nicht mal an den Möbeln, die zur Seite kippten, fest. Glatze 2 umfaßte Sürel, riß ihn hoch und warf ihn hinter Ayfer her.
Jetzt erst konnte man erkennen, daß sich die Gesichter der Kahlköpfe wie in blindem Haß verzerrten. Beide sprangen vor und holten mit den schweren Stiefeln aus, die sie trotz der Hitze trugen. Und die meisten von uns wichen noch mal bis zur Tür zurück. Nicht allein aus Feigheit oder Angst vor Schlägen. Auch weil wir überrascht waren, zu erstaunt, um etwas tun zu können. Denn alles kam so unvermittelt, ohne jede Vorbereitung. Niemand von uns hatte es erwartet.
Doch bevor die beiden Sürel oder Ayfer treten konnten, kam Frau Schubert – Maren – zurück in die Klasse.
Wieder der Geruch des Deos, wieder flatterte ihr Kleid, wieder ignorierte sie, was sie doch sehen mußte, wünschte uns, als wäre nichts, ein fröhliches: »Hallo!«
Einer von Marens Einfällen: Damit sich niemand benachteiligt vorkam, hatte sie unsere Sitzplätze, jeweils zu Paaren, neu verlost.
Ayfer und Sürel saßen vorn, die Brüder schräg dahinter. Frau Schubert hatte sie inzwischen vorgestellt: Karl-

Heinz und Eberhard Janetzki. Wir nannten sie: die Brüder. Oder eben heimlich Glatze 1 und Glatze 2.
Ich saß hinten, neben Franco. Deshalb konnte ich die Klasse überschauen. Konnte sehen, wie die Brüder sich noch einmal vorbeugten zu Sürel und ihm drohten, ehe der Unterricht begann. Ich wußte, ohne daß ich hören mußte, was sie sagten: Sie würden auf ihn warten. »Scheiß-Kanacke! Nach der letzten Stunde, Arschloch! Um halb zwei!« Ich sah auch, daß Sürel, obwohl er genauso blaß wie Ayfer war, sich umdrehte und den gestreckten Finger – »Fickt euch selber!« – hob und auch noch lächeln wollte. Aber das gelang ihm nicht. Es blieb ein ungeschicktes Grinsen. Und man sah, daß ihm sogar das verrutschte Feixen Mühe machte.
Während vorn der Unterricht begann und Ayfer immer noch die Arme wie ein Kreuz vor ihre Brust hielt – noch immer wirkte sie verstört, noch immer nicht wie Ayfer, die wir kannten –, tauchte ich langsam in vertrauten Bildern, die wie Filme waren, unter.
Ich sah vor mir die Rücken, die breiten Körper, kahlen Köpfe, und obwohl ich mich dagegen wehrte, wurden die Brüder zu Gestalten, die nicht nur die Wörter kannten: Baseballschläger, Gaspistolen, Schreckschuß mit durchbohrtem Lauf, Tschakos oder Schusterahlen, Schlagringe und Fahrradketten, Wurfsterne und Butterflymesser mit mehreren Klingen. Die Gestalten, die ich sah, konnten mit den Waffen auch hantieren.
Und während vor der Tafel Maren Schubert von Karl dem Großen redete, sah ich mich wieder wie so oft in einer dunklen Sackgasse, in die ich mich geflüchtet hatte, hinten am toten Ende kauern.

Weil ich, am Ende meiner Kraft, an irgendeiner Tordurchfahrt falsch abgebogen war, begannen die Verfolger mich langsam einzukreisen. Es waren ungeschlachte Kerle, deren Gesichter ich kaum erkannte, die aber in den Händen Gegenstände hielten. Nur meine Hände waren leer und kamen mir zerbrechlich vor. Denn ich war, obwohl ich ahnte, daß es dort keinen Ausweg gab, auf diesen Hinterhof gelaufen, um mich vor ihnen zu verstecken. Und stand auf einmal den Schemen, die mich in der Dunkelheit umstellten, gegenüber. In meinem Rücken spürte ich die Steine einer viel zu hohen Mauer. Während die Verfolger lächelnd näher kamen – nur dieses Lächeln konnte ich erkennen –, fuhren ihre Fahrradketten singend durch die Luft.
Und weil mir der Mut fehlte, mich zu entscheiden, konnte ich mich weder wehren noch mich auf den Boden werfen. Ich stand nur da und wartete auf den ersten Schlag.

2

Wir hatten uns verabredet und waren nach der letzten Stunde rasch durch die Turnhalle, den Keller, dann durch einen Seitenausgang auf den zweiten Hof entwischt, der weder für die Pausen noch zum Sport benutzt wurde. Es standen dort nur alte Turngeräte, die nach und nach verrosteten, und ein großes Faß mit Sand zum Streuen.

Während die Brüder vor dem Tor zum großen Schulhof warteten, daß Sürel endlich käme, hockten wir zwischen den Büschen und überlegten, was wir tun sollten oder nicht. Einige rauchten, andere tranken Cola oder rissen Blätter von den Zweigen.
»Sie sind«, sagte Kai, »viel gefährlicher als jeder andere auf der Schule, den wir kennen.«
Währenddessen bohrte Lisa mit einem Stück Glas in weicher Erde. »Und sie haben es auf Sürel abgesehen.«
»Auf beide!« meinte Franco, dessen Mutter Spanierin war. »Auf beide!« Er unterstrich das, was er sagte, indem er mit den Händen durch die Luft fuhr. »Auf Ayfer *und* auf Sürel. Ayfer, was sagst du?«
Ayfer war diejenige, die zu allem etwas sagte, aber eben nicht nur irgend etwas, sondern meistens was, worauf dann alle hörten. Ayfer war, obwohl das dumm klingt, unser Boß. Keiner hätte sagen können, wie sie dazu wurde. Doch jeder konnte spüren, daß es so sein mußte. Das war auch der Grund, weshalb ich Ayfer mochte. Ich, den man manchmal übersah, der selten etwas beizutragen hatte, weil ihm alles immer erst viel zu spät einfiel.
Wenn die BRAVO einen Starschnitt auch von ganz normalen Leuten angeboten hätte, hätte ich mir Ayfer heimlich übers Bett gehängt. Doch ein Starschnitt ist ein Starschnitt: Ayfer ist kein Star, nur Ayfer. Hin und wieder folgte ich ihr, ohne daß sie's merkte. Dennoch blieb die Stelle der Tapete, dort, wo Ayfer hängen sollte, leer.
Immer noch grub Lisa mit dem bunten Glasstück in der Erde. Alle warteten.
Ayfer sagte diesmal überhaupt nichts, sondern hielt nur

ihre Arme vor der Brust verschränkt. Manchmal fuhr ein Schauder wie etwas Elektrisches durch ihren schlanken Körper. Und als Kai sie streicheln wollte, schüttelte sie seine Hand ab und preßte ihre Arme enger um die Brüste.

Erst als Sürel etwas sagte, ein, zwei Satzfetzen auf Türkisch – etwas, das die beiden sonst, wenn wir uns gemeinsam trafen, niemals taten –, schaute Ayfer auf und sagte: »Ist o.k. Geht schon wieder.«

Sie ließ die Arme langsam sinken, grinste sogar, schmal und wacklig, nahm, was allen seltsam vorkam, einen Zug von einer Zigarette.

»Sie sind gefährlich«, wiederholte Lisa. Und fuhr mit ihrer Glasscherbe noch mal in die aufgegrabene Erde. »Gefährlich. Alle beide. Böse. Und vor allen Dingen: stark.«

»Mag sein«, sagte Ayfer, während wir schon vorab nickten, weil sie endlich wieder sprach. »Aber Freunde stehn einander doch in solchen Fällen bei, oder?«

Wir nickten wieder, heftiger als vorher.

Als wir aus dem Hinterhof auf die helle Straße traten, hatten wir beschlossen, abzuwarten, was die Brüder in den nächsten Tagen machen würden. Wie sie sich Sürel oder uns allen gegenüber morgen früh verhielten. Vielleicht wollten sie nur zeigen, daß sie hart waren, tough und cool. Und das wußte ja jetzt jeder in der Klasse.

Ayfer hatte vorgeschlagen, daß wir uns an der alten Schule der Brüder nach ihnen erkundigen sollten.

»Oder«, haspelte sie, »gucken, wo die beide wohnen.«

Manchmal machte Ayfer, wenn sie aufgeregt war, Fehler, sagte, wenn sie sprach, die Wörter falsch. Aber weil

nicht jeder, auch nicht jeder von uns Deutschen, wußte, wie man richtig sprechen muß, fielen ihre Fehler meist nicht auf.
»Nachsehn, wo die beide wohnen«, wiederholte sie noch einmal. Doch der Vorschlag war, als wir durch den warmen Nachmittag langsam Richtung Stadtpark liefen, schon vergessen. Dummerweise. Hinter einer Biegung bei den Bäumen warteten die Brüder. Unvermittelt standen sie vor uns und verstellten den Weg.
Ich hatte wieder das Gefühl, das ich aus meinen Träumen kannte: Es gab, obwohl wir sechs waren, kein Entkommen.
Die Brüder kamen auf uns zu. Sehr gemächlich. Ihre Schuhe scharrten über grobkörnigen Kies.
In mir Bilder: Ich am Boden, nah den Stufen einer Treppe, ich am Boden, auf den Stufen, ich am Boden, nur die Wangen, nur mein Kiefer, Unterkiefer auf der Stufe, dann das Knacken, ich den Kopf am Stein, die Lippen schmecken Blut, weil mir der Absatz ihrer blankpolierten Stiefel den Kiefer an der Treppenstufe bricht.
Wir blieben stehen, die Brüder gingen auf Sürel zu. Wir sagten leise, kaum hörbar: »Laßt ihn in Ruhe, verschwindet!«
Doch die Brüder kamen ohne Eile näher.
Ayfer stellte sich vor Sürel, aber Sürel schob sie – »Kommt doch her, ihr Wichser!« – ungeduldig weg.
Kai machte zögernd einen Schritt. Einer, ich glaube Eberhard, zerschlug ihm seine Brille.
Kai fiel vornüber auf den Kiesweg. Es wirkte wie in einem Film, der unvermittelt langsam läuft. Ohne Ton, nur manchmal hört man ein Geräusch.

Es sah so aus, als schnappte Kai mit offnem Mund nach dunklem Dreck. Nur als Reflex hob er, bevor der Kahlkopf zutrat, die dünnen Arme, seine schmalen Hände über den großen Kopf.
Man konnte sehen, wie die Haut an Hand und Fingerknöcheln unter den raschen Tritten aufriß. Man konnte, selbst wenn man die Augen schloß, erkennen, wie das Blut aus Kais Kopf den dunklen Dreck noch dunkler werden ließ, ein Fleck zwischen Kies und Erde.
Wenn mich jemand angesehen hätte, hätte er bemerken können, wie der Anblick von Kais Blut mich erstarren ließ. So, daß mir die Glieder nicht mehr gehorchten und ich, in meinem Körper eingesperrt, neben den andern stehenbleiben mußte.
Und während ich mich wunderte, daß Kai nicht schrie, nicht einmal stöhnte, hängte sich erst Lisa, danach Ayfer an die Arme Eberhards, und sie zogen ihn von Kai ein Stückchen weg. Bevor es Eberhard gelang, sich zu befreien, und er die beiden Mädchen, die sich noch mal auf ihn warfen, in ein Gebüsch mit Dornen stieß, schaffte es Lisa, ihn zu kratzen: Die langen weißen Striche in seinem Nacken füllten sich mit Blut.
Währenddessen stieß Karl-Heinz, ein kurzes Nicken, Franco die Stirn ins Gesicht. Franco kippte auf die Wiese, saß dort, schüttelte benommen seinen Schädel, klapperte mit den Augenlidern und blieb hocken. Die Arme knickten etwas ein, als er sich auf die Knie drehte. Und deshalb gab er auf, verharrte so, wie er auf dem Rasen saß, und leckte bloß das Blut von seinen Lippen.
Während Sürel sich vergeblich gegen die beiden Brüder

wehrte, blieb ich immer noch bloß stehen wie gelähmt und wartete, ob einer der Kahlrasierten nicht auch mich schlagen würde. Aber das wollte keiner der beiden. Es ging mir wie so oft: Man übersah mich.

Sie traten nur nach Sürels Rippen und manchmal gegen seinen Kopf, nachdem sie ihm die Beine gemeinsam weggeschlagen hatten und niemand mehr da war, der ihm half. Während Sürel versuchte, hauptsächlich seinen Kopf vor den blankpolierten Stiefeln der Brüder zu schützen, ächzte er hin und wieder, und ich stand neben ihm.

Wie Kai hob er die Arme, und es sah schwach und hilflos aus. Die Brüder sagten nichts, kein Wort. Sie waren wie Maschinen. Die Beine, die nach dem Verkrümmten traten, waren wie Pleuelstangen aus Stahl. Sie fuhren regelmäßig nach vorn und dann zurück.

Und keiner von uns rief etwas oder bewegte sich auch nur. Es war, als hätte jemand den Figuren eines Karussells plötzlich den Stecker rausgezogen. Wir sahen nur zu und wußten, daß alles anders werden würde als vorher.

3

Als man uns am nächsten Morgen vor der Schule fragte, woher wir die Schrammen hätten, schwiegen wir. Die Brüder schwiegen ebenfalls.

Wieder flatterte Frau Schubert, um sich einen süßen

Duft aus Parfüm und Deoroller, unstet durch das Klassenzimmer, während sie vorn an der Tafel Schaubilder entstehen ließ: Karl der Große, Kaiserkrönung, Schlachten, Feldzüge und Seuchen, alles einmal umgerührt. Schaubilder gefielen ihr, auch wenn niemand von uns sie verstand.

Wieder fiel die weiße Sonne zwischen windbewegten Blättern auf den Boden. Wieder war es warm und hell. Einzig Sürel lag zu Hause mit geprellten Rippen, einer Platzwunde. Und Kai trug an einer Hand einen Verband.

Nichts geschah. Die große Pause kam und ging vorbei. Wir blieben im Klassenzimmer. Denn obwohl wir genau wußten, wie man sich verhalten muß – daß man Ältere nicht ansieht, ihnen nicht zu lange ins Gesicht schaut und schon gar nicht in die Augen, daß man ihnen aus dem Weg geht, auch bestimmte Gegenden meidet und am Freitagabend nicht mit jeder S-Bahn oder U-Bahn fährt -, wußten wir nicht, was wir angesichts der Brüder machen sollten. Jedesmal, ehe man anfing, sich mit einem andern rumzuprügeln, gab es zuerst einen Ablauf: schubsen, pöbeln, rempeln, buffen. Niemand würde sofort losschlagen, nur einfach so. Und keiner würde jemanden, der vor ihm auf dem Boden lag, mit Stiefeln treten und nichts dabei sagen.

Daß die beiden Brüder geschwiegen hatten, als sie Kai und Sürel im Park zusammenschlugen, machte es beinah noch schlimmer. Das Schweigen der beiden war schrecklich gewesen, weil sie dadurch nicht zornig oder wütend wirkten, sondern kalt und berechnend.

Wir warteten das Ende der letzten Stunde nicht mehr ab.

Wir sprangen kurz vorm Klingeln auf, liefen durch den Seitenausgang, rannten fast die Schultreppe hinunter.
Und auch als uns die Brüder weder im Park erwarteten noch irgend jemanden verfolgten, wurden wir nicht langsamer. Im Gegenteil, wir schauten uns ständig nervös nach ihnen um.
Natürlich hätten wir uns fortan von Ayfers Onkeln und Cousins abholen lassen können, bis die Kahlköpfe genügend eingeschüchtert waren. Ayfers Onkel wußten, was man hätte machen müssen. Türken wissen so was meistens besser als die Deutschen.
Aber wir, wir hätten ratlos im Fond eines Wagens gesessen und uns dabei geschämt. Wir wären im Polster eines Straßenkreuzers versunken, um uns Chrom und weiches Leder. Wir hätten uns hinter den Scheiben auf dem Rücksitz klein gemacht.
Wir hätten uns geduckt, und jeden Morgen hätte uns ein anderes Auto bis zum Schulhoftor gebracht. Denn Ayfers Onkel handelten mit Autos – die manchmal fuhren, manchmal nicht.
Und vielleicht hätten Ayfers Cousins irgendwann sogar etwas gegen die Glatzenköpfe unternommen. Sie sagten: »Glatzenköpfe.« Doch danach hätten wir uns immer noch geschämt.
Deshalb sagten wir niemandem etwas von den Kahlrasierten: weder Ayfers Onkeln noch ihren Cousins. Sondern wir beschlossen, selbst zu handeln.

4

»Wir hatten es uns vorgenommen«, sagte Ayfer ärgerlich. »Wir wollten ihnen folgen. Wollten sehen, wo sie wohnen, was sie tun. Und wir wollten rausbekommen, warum sie so sind, wie sie gestern waren. Damit wir dann alles ... Und warum steht ihr jetzt bloß ...?« Ayfer biß sich auf die Lippen und brach mitten im Satz ab. Dann schaute sie jeden von uns lange an.
»Stimmt schon«, sagte Kai. Er tastete nach seiner Brille, die er nach der Schlägerei mit zwei Streifen Leukoplast repariert hatte. »Das ist eigentlich schon richtig.« Kai fuhr mit den Turnschuhspitzen sanft über die Gehwegplatten, zeichnete die Fugen nach. »Aber auf der andern Seite kann es auch gefährlich werden.«
»Besonders wenn es dunkel wird.« Lisa pflichtete ihm bei. »Ist schon kurz nach acht.« Sie deutete auf die Uhr an einer Haltestelle.
Franco murmelte: »Und wir waren hier noch nie. Sollte man ja auch bedenken, oder?«
Plötzlich sahen alle mich an, weil ich wieder nichts gesagt, sondern nur gewartet hatte, was die anderen entscheiden würden. Diesmal schwieg ich nicht nur, weil ich meistens wenig sagte. Diesmal schwieg ich, weil ich wußte: Wenn ich meine Lippen öffnen würde, wenn ich meine Vorderzähne nicht mehr aufeinanderpreßte, würden sie in meinem Mund anfangen zu klappern. Denn wir standen an der Kreuzung, hinter der das Kastenviertel mit dem dunklen Park begann.

Wir nannten es so, weil die Häuser aussahen wie Schuhkartons. In das Kastenviertel gingen wir fast nie. Die Türken mieden es besonders.
Denn die Leute, die dort wohnten, mochten Hunde, aber Türken allenfalls als Straßenkehrer. An den Wochenenden schraubten die Männer an ihren zierleistenbesetzten Autos oder wuschen sie – der Lack spiegelte die tiefstehende Sonne. Wenn sie die Motorhaube wachsten oder die Kotflügel picobello polierten, hörten sie Heino oder Volksmusik. Ihre Haare klebten meistens eng am Kopf. Bei ihren Frauen waren die Frisuren wasserstoffblondiert.
Jeder von den Männern wirkte wie ein Hauswart. Hauswarte, wohin man sah. Deshalb auch die Schäferhunde. Keiner der Jugendlichen aus dem Kastenviertel ging auf eine Schule wie unsere. Außer jetzt die beiden Brüder mit dem kahlen Kopf.
Wir standen da und trauten uns nicht auf die Kreuzung. Ich knirschte mit den Zähnen, damit keiner hören konnte, wie sie aufeinanderschlugen, sobald ich den Mund ein wenig offenstehen ließ. Ich fürchtete, die andern würden lachen, obwohl ihnen selbst die Angst ins Gesicht geschrieben stand. Doch durch Lachen kann man sich befreien.
Darum zuckte ich die Schultern, deutete nur, weil ich plötzlich etwas sah, das seltsam war, mit der Hand in Richtung Ampel, eine Querstraße entfernt. Die andern drehten sich erschrocken um und folgten mit den Augen meinem ausgestreckten Arm. Danach blickten wir verblüfft jeder einem andern ins Gesicht.
Was wir sahen, konnten wir zuerst nicht glauben: An

der Ampel wartete eine hutzlige Frau, links und rechts gestützt von den Janetzkis. Eine Frau mit Einkaufswagen, der die beiden Brüder flugs über die Straße halfen, als die Ampel grün geworden war. Das alte Einkaufswägelchen wirkte hinter dem breiten Körper des einen wie ein Spielzeug, das man nicht mehr mag. Doch trotz des Widerwillens, den man auch an der Haltung des Kopfes und der Schultern erkennen konnte, liefen die Brüder vorsichtig neben der alten Frau her und stützten sie, sobald es nötig wurde.

Sie hatten erst drei Viertel der Fahrbahn überquert, als das Ampellicht auf Rot sprang. Da hoben sie die Frau, indem sie das magere Persönchen an beiden Achseln unterfaßten, etwas hoch, trugen den hutzligen Körper – zwei Schritte nur, ein letzter Schwung – bis auf den andern Bürgersteig und setzten ihn dort ab.

Wir staunten erst mit ungläubigen Augen. Dann schluckten wir und sahen uns, während es schon dämmerte, noch einmal lange an.

»Vielleicht ist das ihre Oma«, sagte Lisa ungläubig.

»Bestimmt nicht«, meinte Kai, »die ist zu winzig.«

»Vielleicht 'ne Nachbarin?« vermutete Franco. Aber auch er sah nicht so aus, als ob er von dem, was er sagte, überzeugt sei.

Während wir weiter mutmaßten und ich wie immer schwieg, verließ uns etwas von der Angst, der Anspannung der letzten beiden Tage. Selbst Ayfer sah mit einem Mal nicht mehr verbissen vor sich hin. Und ich, ich merkte, wie sich meine Zähne beruhigten. Die Wangen wurden weich.

Am Himmel färbten sich die Wolken erst dunkelrot,

dann langsam lila. Und während sich die Brüder mühten, mit den kurzen Schritten der alten Frau zurechtzukommen, gingen zwischen den Häusern die Peitschenmastlaternen an. Und wir beschlossen, fast erleichtert, den Brüdern unbemerkt zu folgen, obwohl uns die Gegend immer noch unheimlich war.

Sie hatten die Frau vorsichtig in einen Hauseingang geführt und blieben darin kurze Zeit verschwunden. Das Licht im Treppenhaus ging an. Nach wenigen Minuten kamen die Brüder ohne die alte Frau zurück. Sie sahen sich nicht um, sondern liefen durch die Siedlung, als seien sie in Eile, durchquerten rasch den düstren Park. Wir folgten ihnen, immer in sicherem Abstand. Es war dunkel. Keiner der beiden achtete auf mögliche Verfolger. Wir mußten rennen, um die Brüder nicht aus den Augen zu verlieren.

Hinter dem kleinen Park schloß sich die Laubenkolonie an, kleine Gärten, schmal wie ein Handtuch, zierlich-gerade Beete und Gartenzwerge unterm Pflaumenbaum.

Wir kannten Kleingärten. Wir hatten, als wir jünger waren, dort hin und wieder Obst geklaut. Von diesen aber wußten wir nur aus Erzählungen, und die Geschichten hatten wie Warnungen geklungen.

Die Kolonie erstreckte sich bis zum Kanal. Nah dem Wasser waren die Gärten fast verwildert. Die Gartenzwerge, die zuvor wie Wachmannschaften gewirkt hatten – bemützte, heimtückische Wächter, die aussahen, als könnten sie plötzlich aus ihrem Steingutschlaf erwachen –, gab es dort nicht mehr. Am Ufer, wo die Dächer vieler Lauben eingebrochen waren, fehlten zwischen

den Grundstücken häufig auch die Zäune und der Stacheldraht.
Wir hatten, weil wir sichergehen wollten, den Abstand in der Kolonie ein wenig größer werden lassen und deshalb, als wir den Kanal schon riechen konnten, die Brüder plötzlich an einer Gabelung verloren.
Die Dunkelheit war wie ein Sack. Mit einem Mal erschien uns die Luft viel kälter als zwischen den Häusern.
Kai setzte sich auf einen Stein und sagte: »Es ist sinnlos. Wir haben sie verloren. Mir gefällt die Gegend nicht!«
Lisa sog nachdenklich am Daumen und nuschelte: »Wir waren unvorsichtig. Nur weil die beiden einer alten Schachtel über die Straße helfen, heißt das noch nix!«
Franco sagte: »Stimmt.«
Aber er sagte es nicht laut, weil Franco nicht als Feigling gelten wollte. Denn das war seine größte Angst: daß irgendwer ihn feige nannte. Er lief dann im Gesicht rot an, ballte die Fäuste, stampfte auf, und nichts geschah. Oft mußte er auch heulen, nur wegen seiner Wut.
Jetzt schabte er mit einem Schuh Rost von dem Drahtzaun ab, an dem ich neben Ayfer lehnte.
Und Ayfer sagte: »Geht doch! Haut ab! Ich suche weiter.«
Sie war so brüsk, weil ihr das meist geholfen hatte, bei uns etwas durchzusetzen.
Doch diesmal grinste Kai nur schüchtern und murmelte dann: »Tu ich auch.«
Und Lisa meinte leise: »Können wir alles morgen machen. Wenn du gehst, Kai, komm ich mit dir mit.«
Während sie sich abwandten und mit gebeugten Köpfen zögernd auf dem schmalen Weg davontrotteten, als

müßten sie noch einmal überlegen, sah Ayfer Franco an. Aber gerade als er etwas sagen wollte, fragte sie mich, ob ich wenigstens bliebe. Sie fragte nicht wirklich, sie sagte: »Du bleibst doch, oder?«
Weil ich Ayfer immer, trotz aller Furcht, gefolgt wäre, nickte ich und erwiderte: »Doch, ja... ich glaube... doch, ich denke... doch ja, ich denke... eigentlich ja, schon.«
Und deshalb sagte Franco, obwohl ihm unbehaglich war: »Na gut. Dann gehn wir weiter.«

5

Die Brüder traten vorsichtig aus einer Laube, schlossen ab, wir duckten uns noch tiefer in die Büsche. Sie hatten eine Taschenlampe, wir hatten angstschweißnasse Finger. Die Laube war die einzige, die direkt am Kanal stand.
Erst hatten wir das Licht gesehen, ein helles Fenster. Dann hatten wir uns langsam, vom Ufer her, herangeschlichen. Franco und Ayfer hatten auch durch eine Scheibe schauen wollen. Doch ich hatte, denn diesmal war Reden wichtiger als Zittern, gesagt, wir sollten lieber warten, bis die beiden fort wären.
Ich hatte plötzlich stottern müssen. »Das... das kann doch nicht mehr... nicht mehr lange dauern! Nie... nie... niemand wohnt in einer Laube, wo das Dach den Regen durchläßt.«

»Woher weißt du das mit dem Dach?« hatte Franco mich gefragt.
»Sieht man doch. Obendrauf die Plastikplane. Ist nicht dicht das Dach, niemals!«
»Wir warten«, hatte Ayfer gesagt. »Wir haben ja die ganze Nacht lang Zeit.«
Endlich tappten die Brüder durchs Gras. Der Schein der Taschenlampe tänzelte. Man hörte ihre Schritte auf dem Kiesweg.
Erst als man nichts mehr hören konnte, schlichen wir uns gebückt zu einem Fenster an der Rückwand, vor dem es keine Läden gab. Wir horchten noch einige Minuten, dann drückte Ayfer ihr Gesicht vorsichtig an die dreckverschmierte Scheibe.
Und während Franco murmelte: »Was willst du denn da drinne sehn? Komm, laß uns abhaun nach Hause!«, stützte sich Ayfer auf das Fensterbrett. Franco winkte noch einmal ohne Überzeugung mit dem Kopf. Als er sich umdrehte und Ayfer sich von der Fensterbank erhob, schwangen die Fensterflügel unvermittelt leise quietschend auf.
»Wir gehen da lieber nicht rein, oder?« sagte ich.
»Doch«, antwortete Ayfer. »Das ist die Gelegenheit!« Sie wisperte, als müsse sie sich selbst erst überwinden. »Niemand kommt so spät noch hierher zurück.« Sie lächelte. »Ist ja wohl logisch, oder?«

Wir fanden die Hefte sofort. Es waren nicht nur einige, es war ein ganzer Stapel. Und während Ayfer sich, als sie das erste Deckblatt sah, hastig abwandte und deshalb gegen die Spinnenweben stieß, die in der Ecke von der

Decke hingen, ließ Franco sich nicht stören, sondern blätterte eifrig in den Heften herum. Die Angst, die Laube zu betreten, hatte er längst vergessen.
Wir kannten Fotos dieser Sorte, hatten so was auch schon mal angeschaut, doch heimlich, nicht, wenn Mädchen mit uns zusammen waren. Wir wußten von den Fotos, wie Männer es mit Frauen machen. Wir wußten, wer auf wem liegt und was die Fotze ist.
Wir hätten nicht gedacht, daß man Frauen auch einen Unterarm bis in den Bauch reinschieben kann. Man konnte es, das sah man in den Heften. Franco begann zu kichern. Mir wurde unbehaglich. Er blätterte. Ayfer hielt ihre Arme wieder vor der Brust verschränkt.
Und während ich nur noch mit halbem Auge nach den Bildern in den Heftchen sah, verließ Ayfer die Laube. Sie stieß die Holztür einfach auf und ging langsam nach draußen in den Garten bis zu einem Baum, in dessen Schatten sie verschwand.
Weil ich gesehen hatte, daß sie plötzlich wieder wie gestern war, so wie in dem Augenblick, als ihr einer der Brüder die Hände auf die Brüste legte, folgte ich ihr in den Garten. Franco blieb allein am Tisch zurück. Und alles, was um ihn herum geschah, war nun nicht mehr wichtig.
Mich schauderte, weil ich begriff, daß wir vielleicht noch Freunde bleiben würden, daß sich jedoch das andere, etwas, das ich noch nicht kannte, schon zwischen uns geschoben hatte. Draußen war die Welt mit einem Mal bedrohlicher. Möglicherweise lag das aber an der Stille.
Ich suchte Ayfer, doch ich sah sie erst nach einer ganzen

Weile. Sie saß auf einer Wurzel eines großen Pflaumenbaums. Sie kauerte, als wolle sie ein Stück der schwarzen Rinde werden, und hielt, beschirmt von einer Hand, eine Kerze dicht am Körper. Und immer, wenn genügend Wachs sich an dem Docht gesammelt hatte, goß Ayfer sich die Flüssigkeit vorsichtig, um nichts zu verschütten, und ohne einmal abzusetzen über die linke Hand.
Obwohl das Kerzenwachs heiß sein mußte, viel zu heiß, als daß es ihr nicht weh tun konnte, gab sie kein Geräusch von sich, sondern wiederholte nur langsam, Mal um Mal, den gleichen Vorgang.
Ich hätte sie berühren, hätte sie vielleicht streicheln sollen, um sie zu unterbrechen. Ich hätte ihr auch etwas sagen sollen, um sie zu trösten und davon abzuhalten, sich flüssig-heißes Kerzenwachs auf ihre Hand zu gießen. Aber es gelang mir nicht. Ich war nicht Kai, sondern nur ich: Genauso schwer, wie es mir fiel, im rechten Augenblick etwas zu sagen, wär es für mich gewesen, jemanden – und ganz besonders Ayfer – anzufassen, um ihr nah zu sein.
Und dann sagte Karl-Heinz: »Hallo!«, und beide Brüder traten, als hätten sie auf uns gewartet, unter einem Obstbaum vor auf Ayfer zu.
Noch immer hörte man Francos Kichern in der Laube. Manchmal fiel ein Heft vom Tisch. Sonst war es still, und wieder schienen die Brüder mich nicht zu beachten. Sie gingen nur, als seien sie mit Ayfer verabredet, ganz ruhig auf sie zu und boten ihr, zuerst Karl-Heinz, die Hand an, um ihr aufzuhelfen.
Ebenso selbstverständlich stellte Ayfer die Kerze ab, ergriff die vorgestreckten Hände und ließ sich ohne Wi-

derstand hochziehen, bis sie aufrecht vor den Brüdern stand.
Erst nach einer kurzen Zeit, in der sich keiner von den dreien geregt hatte, ließen die Brüder Ayfers Finger los. Die Hände hingen an ihrem schlanken Körper wie Uhrpendel herab. Und dann sagten die Brüder kaum hörbar: »Und was machst du hier?«
Wieder meinten sie nicht mich, nicht einmal Franco, der noch immer zwischen ihren Heften in der Laube kicherte.
Ayfer gab keine Antwort. Wich nicht zurück. Auch ich blieb stumm, ein Mann auf einem Sockel aus Granit.
Wieder tropften die Sekunden zwischen der Dunkelheit ins Gras. Erst als Ayfer ihre Arme verschränkte, lächelten die Brüder.
Und mit einer zunächst fast schüchternen Bewegung, die, so als müsse er sich korrigieren, sehr plötzlich grob wurde und schnell, hob Eberhard die rechte Hand und faßte ihr, ein Ruck, zwischen die Beine.
Vielleicht zehn Sekunden standen sie einander gegenüber, und es sah aus, als könnten sie sich weder bewegen noch reden, atmen oder schreien. Sie warteten nicht einmal, sondern standen nur, als habe jemand sie in ihrer Pose verzaubert und danach nicht mehr erlöst.
Das einzige Geräusch war Francos Kichern. Aber auch das verebbte bald. Ich wollte nach ihm rufen, doch ich schaffte es nicht mehr. Die Stille blieb umfassend, groß und schwer. Und darin eingeschlossen stand Eberhard vor Ayfer, und seine rechte Hand klebte an ihrer Hose.
Vielleicht hätte man lachen sollen. Nur waren Ayfers Augen leblos. Sie lagen leer in ihren Höhlen, während

sich Karl-Heinz schwerfällig auf Eberhard und Ayfer zu bewegte wie ein dunkles Tier, das heftig atmet.
Man konnte sehen, was er mit Ayfer machen wollte. Doch bevor er sich von hinten an Ayfers Körper pressen konnte, um sie mit beiden Armen zu umfassen, und ehe ich – denn diesmal wäre es mir sicherlich gelungen, auf ihn und Ayfer zuzugehen – den ersten Schritt gemacht hatte, hörten wir eine Stimme. Nicht laut, doch dafür sehr entschieden: »Ich hab hier zwei Hunde. Laßt das Mädchen los.«
Danach ein Kläffen, Hecheln. Die Brüder gerieten in den Lichtkegel eines starken Scheinwerfers. Versuchten, ihre Augen mit den Armen abzuschirmen. Zappelten und rannten Richtung Kanal. Man hörte sie im Wasser.
So schnell, wie der Suchscheinwerfer aufgeflammt war, erlosch das Licht auch wieder. Dann teilten sich die Zweige. Ein Junge trat aus dem Gebüsch. Grinste und imitierte noch einmal einen scharfen Hund.
Franco, der, als die Brüder verschwunden waren, angerannt kam, fragte: »Was ist das für ein Riesending? Wieso schleppst du das so spät am Abend in dieser Gegend mit dir rum?«
Der Junge hob den Scheinwerfer, grinste erneut und erklärte schließlich: »Ist von meinem Onkel. Der hat da hinten auch ein Grundstück. Zum Basteln. Daher auch dieses Ding. Ich helf ihm manchmal, bastle auch. Bin gestern aber erst von einer Rei…«
Der Junge unterbrach sich. Wirkte verwirrt und sagte dann: »Ich übernachte manchmal bei ihm. Er holt nur gerade was. Hab euch vorhin kommen sehen. Auch die beiden andern.«

Er knipste seinen Scheinwerfer noch einmal an und wieder aus. »Muß jetzt aber zu ihm zurück. Er holt nur Bier, mein Onkel. Ist gleich wieder da ...«
Der Junge sah uns noch kurz an. Wir schwiegen, vollkommen verblüfft. Er schwenkte seinen Scheinwerfer zum Abschied einmal hin und her. Und neigte, ehe er verschwand, den Kopf. Es wirkte so, als ob er sich vor uns verbeugen wollte.
»Komischer Kauz«, knurrte Franco. Er starrte auf die Stelle, wo der Junge aufgetaucht war. Unvermutet, wie ein Geist.
Dann sagte Ayfer leise: »Weniger komisch als ihr.«

6

Er hieß Viktor. Und als er am nächsten Morgen zu uns in die Klasse kam und von Frau Schubert vorgestellt wurde, wußten wir, daß dieser Viktor jemand bleiben würde, den man nicht besonders mag.
Später erfuhr ich, daß ihn sein Vater auf unserer Schule angemeldet hatte, weil man in der Oberstufe bei uns Psychologie belegen konnte. Da lernt man, Menschen zu verstehen.
Ausgerechnet dieses Fach für Viktor, dachte ich. Aber das war später. Jetzt wußten wir noch gar nichts. Nur, daß er etwas seltsam war.
Die Brüder waren schüchterner als in den ersten Tagen. Sie hatten Viktor, von dem uns Maren Schubert sagte,

daß er vorgestern erst angekommen sei, im Garten nicht erkennen können. Und nun schauten sie beschämt an Ayfer, mir und Franco vorbei. Sie waren abgehauen. Das galt in ihren Augen ganz bestimmt als Schwäche.

Und während unsre Lehrerin Viktor als weitgereist anpries und dabei andauernd so tat, als ob uns das was nützen würde, lehnten wir uns zurück, weil wir wußten, daß Glatze 1 und 2 uns in der nächsten Zeit in Ruhe lassen würden.

Franco sagte beinahe bewundernd: »Mann, ich spüre jetzt noch den Kopfstoß von Karl-Heinz.«

Viktor stand vorn an der Tafel, steif, als ob er einen Hut auf den Haaren trüge, und schrieb Städtenamen an.

»Da«, sagte Frau Schubert, »ist er überall gewesen.«

Viktor kräuselte die Lippen so, als sei das selbstverständlich. Niemand nickte. Alle schwiegen. Keiner von uns kannte diese Städte.

»Arschloch«, knurrte Franco, »nicht nur Kauz – ein echtes Arschloch. Ganz egal, was er im Garten ...«

Franco sah sich um und meinte: »Echt, das denken alle in der Klasse.«

Ich nickte. Auch wenn ich wußte, daß er sich irrte. Denn es gab eine Ausnahme. Leider.

Alle anderen verzogen, während Viktor von sich sprach, angewidert die Gesichter, weil er endlos weiterschwatzte: von Reisen, Städten, fernen Ländern, Pyramiden und Schanghai. Nur Ayfer blickte neugierig nach der mageren Gestalt, die vorn vor der Tafel stand, mit den Armen hampelte und von unserer Lehrerin aufgefordert wurde, weiterzuerzählen.

Und während Viktor es genoß, von seinen Reisen zu be-

richten, kaute ich an den Fingernägeln und dachte an den vergangenen Abend, an den Kleingarten der Brüder: wie wir, Franco und ich, vor Ayfer gestanden hatten, hilflos Blätter von den Büschen rupften und sie in den Handflächen zerrieben.
Es ist unangenehm, wenn man zugeben muß, daß man versagt hat. Und es ist besonders schwer, vor einem Mädchen verlegen zu sein, das man so mag wie ich Ayfer. Ich wunderte mich sowieso, daß sie vor den beiden Brüdern keine Angst zu haben schien, auch nicht, wie am Vortag, innerlich verletzt wirkte und äußerlich vollkommen steif. Ich wunderte mich, bis sie Viktor in der zweiten großen Pause beiläufig ein Messer zeigte. Viktor schrak zurück, sie lachte. Dieses Lachen blieb in meinem Nacken hocken wie ein kleines, böses Tier.
Auch Viktor schien das Lachen nicht sehr angenehm zu finden, doch unterhielten sie sich weiter. Die Vertrautheit gab mir einen Stich im Magen. Ich beschloß, auf Viktor zu achten. Jetzt fragte Ayfer ihn auch noch nach Istanbul. Ich schüttelte den Kopf und ging verärgert aus der Klasse.

Die nächste Zeit benahmen sich die Brüder seltsam unauffällig. Einige von uns fingen schon an zu hoffen, daß die beiden friedlicher geworden seien, nicht nur im Augenblick – für immer.
Ayfer glaubte nicht daran. Und Sürel ging, als er sich wieder ausreichend bewegen konnte, zum Kung-Fu und Karate, – auch wenn wir darüber lächelten, weil er so eigenartig lief.
Ich war genausowenig sicher, fragte mich oft, ob die

Brüder nicht bloß einfach Atem holten. Aber meistens schaute ich nur noch nach Viktor. Er war anders als die andern, nicht bloß bei uns im Unterricht. Zum Beispiel stand er auf dem Schulhof nie mit irgendwem zusammen, sondern lief in jeder großen Pause dreimal um den betonierten Platz.

Lisa fragte ihn: »Was machst du?«

Viktors Antwort: »Mein Gehirn muß in den Pausen lüften. Manchmal träume ich beim Gehen vor mich hin.«

Wir faßten uns hinter seinem Rücken an die Köpfe.

Häufig lief einer der Brüder neben ihm und verstellte Viktor, der jedoch nur wortlos auswich, brüsk den Weg. Wir andern lachten. Nach ein paar Tagen fingen sie an, ihn zu schubsen, oder tanzten mit hochgereckten Armen blöd um ihn herum.

Viktor ließ sich nicht beirren.

Nach einer Weile guckte kaum noch einer zu ihm hin. Nur Ayfer. Das gab mir zu denken. Sie verfolgte Viktors stummes Ringen mit den Brüdern in jeder Pause, achtete genau darauf, wie er reagierte. Eine Woche später war es dann soweit.

Viktor lief die erste Runde. Eberhard lief neben ihm. Und auf Viktors Kreisbahn wartete Karl-Heinz, Hände in den Taschen.

Viktor ging ohne zu zögern auf ihn zu. Die Arme hingen wie zwei dürre Stecken an ihm herunter. Er wollte wie gewohnt kurz vor dem Zusammenstoß ausweichen. Doch Eberhard schubste ihn, so daß sich Viktor, um nicht hinzufallen, an dem zweiten Bruder festhielt und dabei, weil er stolperte, auf dessen Zehenspitzen trat. Sicher hatte Karl-Heinz durch die dicken Stiefel kaum

etwas gespürt. Dennoch sah er nach den Kappen, hielt Viktor am beigen Mantel Zentimeter von sich weg und sagte: »Du hast meine Schuhe bekotet, also wisch die Scheiße wieder ab – mit deinem Mantel.«
Viktor lächelte, ein Hauch: »Nein.«
Danach schien er lange über etwas nachzudenken. Ehe ihn die Brüder hinknien lassen konnten, sagte er, anscheinend ohne dabei Furcht zu spüren: »Denn das eben, das war Absicht. Außerdem...« Viktor machte eine Pause, um die Wirkung seiner Worte noch zu steigern: »Außerdem, wer vor einer Lampe flüchtet, ist für mich ein Schlappschwanz.«
Viktor hatte laut gesprochen. Vor Verblüffung und vor Scham stutzten die Janetzkis und wandten sich den andern zu, uns, die von der Treppe aus den Zwischenfall verfolgten.
Niemand lachte laut, doch alle, selbst die Lehrer, mußten grinsen. Auch wenn wenige verstanden, worauf Viktor sich bezog.
Und die grinsenden Gesichter gaben ihm genügend Zeit, seinen steifen weißen Kragen glattzustreichen und die Runde fortzusetzen. So, als hätte keiner ihn behindert.

Sie wußten ihn nicht einzuschätzen. Uns ging es ebenso. Sie sagten: »Sieh dich lieber vor!« Wir sagten überhaupt nichts.
Aber die Brüder ließen ihn in Ruhe.
Viktor lief weiter seine Runden, ließ seine Gehirnzellen Luft schnappen während der Pausen, wurde kaum beachtet und redete mit niemandem.
Am neunten Tag, nachdem er zu uns gekommen war,

sprach Tina ihn vorsichtig an. Nicht während er den Schulhof umrundete, sondern erst nach der letzten Stunde.
Wir standen in der Nähe und warteten, nicht sehr gespannt. Sie fragte: »Willst du rauchen?«
Viktor erwiderte: »Nein, vielen Dank, ich rauche nicht. Rauche niemals, weißt du. Danke.«
Wir mochten Tina nicht besonders, hielten sie für eigenartig. Nicht so wie Viktor – anders. Schon in der siebten Klasse hatte sie einen älteren Freund gehabt. Wir hatten ihr nachgestellt. Sie hielt uns für kleine Kinder. Wir starrten ihr, wenn sie nicht guckte, zwischen ihre Oberschenkel. Die Röcke, die sie trug, waren schmal und rutschten oft beim Gehen hoch. Sie zog dann dran. Es nützte nur für kurze Zeit. Und selbst wenn sie mal Hosen trug: Es lohnte sich, sie anzuschauen. Sie hatte schon richtig große Brüste. Nicht wie Schneewittchen: weder Arsch noch Tittchen. Und die Brüste konnte man unter ihrem T-Shirt gut erkennen.
Viktor lief ein Stück vor, bückte sich am Fahrradständer. Doch bevor er sich auf sein Fahrrad setzen konnte, holte ihn Tina noch einmal ein.
Sie hatte sich den Mund mit rotem Lippenstift bemalt, und ehe Viktor seine Tasche mit einem alten Lederriemen am Rad befestigt hatte, sagte sie: »Wenn du willst, ich hätte Lust, mich morgen nachmittag mir dir zu treffen.«
Wir grinsten: Das war Tina. Sie gab nicht so leicht auf. Viktor sperrte seinen Mund auf, starrte sie verwundert an. Dann gelang es ihm, zu nicken, wenngleich ein bißchen ungelenk. Wie ein Blechspielzeug zum Aufziehen.

Dennoch formten seine Lippen eine Frage: »Wann?«
»Fünf Uhr«, sagte Tina laut. Und blickte, als sie ihm zum Abschied noch die Hand gab, triumphierend zu uns rüber. Griente, während Franco mich anstieß und mir zuzischte: »Sag mir mal, was will die denn von dem?«

»Etwas daran stimmt nicht«, sagte Franco. »Und ich zeig's dir auch.«
Was stimmt nicht, wollte ich ihn fragen. Doch ehe ich den Mund aufmachen konnte, fügte er rasch hinzu: »Mußt mir nur vertrauen. Ich hol dich heut um neun Uhr abends ab.«
Seit der Sache mit den Heftchen hatte ich mit Franco, obwohl er in meiner Bank saß, nicht mehr reden wollen. Manchmal glaubte ich zu spüren, daß er sich schämte, weil er wegen der Fotos noch nicht mal gemerkt hatte, wie die Brüder in den Garten kamen. Aber Franco würde niemals zugeben, daß er, ein halber Spanier, etwas falsch gemacht hatte. Nur wenn Viktor mit ihm sprach und Franco ihm nicht mehr aus dem Weg gehen konnte, wirkte er verlegen: weil Viktor uns geholfen hatte und er in Francos Augen trotzdem ein Trottel blieb.
Neun Uhr abends. Franco schellte. Ich stand schon in Turnschuhen im Flur.
Auf der Straße hielt er an. Nahm mich brüsk beiseite, sagte: »Wir gehn wieder in die Gärten. Wenn du Schiß hast, sag's sofort. Aber, Alter, glaub mir, ich bin jede Nacht dort.«
Und nach einer kurzen Pause: »Hab sogar rausbekommen, was mit Viktors Onkel ist. Mit dem Bastler, weißt

du? Hab den Garten von dem Onkel vor zwei Tagen erst entdeckt. Ist tatsächlich voller Plunder. Und der Onkel ist ein Kauz. Wie aus einem Gruselfilm. Aber nicht so unheimlich. Hat mir erzählt, daß Viktor immer mal bei ihm geparkt wird. Damit meint er: abgestellt. Denn der Vater, der hat tierisch Kohle. Aber, Alter, der ist dauernd unterwegs.«
Alter, dachte ich und horchte noch Momente nach dem Klang von Francos Stimme, die mir Eindruck machen sollte: »*Alter*!« sagte Francos Vater. Francos Vater arbeitete auf dem Bau. Er errichtete Gerüste.
Ich nickte nur. Wir gingen. Der Himmel wurde dunkel. Die Luft roch noch nach Staub und trockner Hitze. Und während Franco fortfuhr: »Die Hütte von dem Onkel hättest du sehen sollen!«, fragte ich mich, warum er ausgerechnet mich mitnahm.
Er lief ein Stückchen vor mir her. Ich folgte ihm und dachte: Die Antwort ist vielleicht ganz einfach – ich bin der einzige, der ihm nie widerspricht.

7

Franco kniete neben mir. Beide knieten wir vorm Fenster. In der Laube hörte man Musik.
Langsame Musik. Karl-Heinz lümmelte sich auf einem Sofa. Beine auf dem Tisch, zwei Flaschen lehnten neben ihm am Kissen. Beide offen, abwechselnd trank er aus der einen und der anderen. Das Bier rann ihm manch-

mal übers Kinn. Franco zischte: »Jedesmal guckt der wie ein fetter Bernhardiner.«
In der Laube brannten nur Kerzen. Deshalb blieb der Raum beinahe dunkel. Außerdem war innen alles voller Zigarettenrauch, so daß selbst die Gegenstände nah dem Fenster unscharf wurden.
»Wo ist Eberhard?« Ich buffte Franco in die Seite.
»Siehst du gleich, das siehst du gleich.« Franco schob mich leise zu dem zweiten Fenster, dessen Läden ebenfalls halb geöffnet waren.
Dann erschien Tina. Sie stöckelte auf verblüffend hohen Absätzen hinter einem Wandschirm vor. Um den Hals hing ihr ein Schal aus verschiedenfarbigen, unterschiedlich langen Federn. Sie trug dazu ein Cocktailkleid. Ich kannte die Bezeichnung von meiner Mutter. Zwischen Tinas Lippen stak eine Zigarettenspitze aus blankpoliertem Messing.
»Was soll das?« Ich sah Franco an.
»Das siehst du gleich.« Er lächelte versonnen.
Dann wurde die Musik im dämmerigen Raum der Laube ein bißchen lauter. Franco preßte die Nase jetzt fast an die Scheibe. Drinnen begann Tina sich in den Hüften hin und her zu wiegen. Ihr Körper wand sich zur Musik, die immer noch sehr langsam war, wie eine Schlange. Ihre Hände fuhren von der Brust hinab bis zu den Schenkeln. Meistens sahen wir ihren Rücken. Aber einmal drehte sie sich wie in Trance um die eigene Achse.
Dann ließ sie ihren Federschal langsam an sich heruntergleiten. Im Hintergrund erkannte man Karl-Heinz, der seinen Mund aufsperrte. Neben mir schluckte

Franco trocken und wisperte: »Bisher war's immer nur wie Modenschau.«

Nach wie vor nichts von Eberhard. Mit einem harten Ruck zog Tina den Reißverschluß des Cocktailkleids vom Hals bis zu den Beinen auf.

Der Reißverschluß saß vorn, nicht hinten. Und deshalb sahen wir, bevor Karl-Heinz etwas erkennen konnte, daß Tina unterm Cocktailkleid zwar einen Büstenhalter trug. Aber der war durchsichtig. Schwarz, beinahe wie ein Schleier. Tina lächelte und drehte sich vom Fenster weg. Karl-Heinz kippte, plupp, das Bier um. Träge sickerte die Flüssigkeit neben ihm ins Sofa und in seine Hose.

Ich schluckte. Franco mußte sich mehrmals leise räuspern. Drinnen knickste Tina. Karl-Heinz hockte im Bier und sah sie an.

»Und wo bleibt Eberhard?« Ich buffte Franco wieder in die Seite.

»Kommt gleich.« Franco wischte sich durchs Gesicht, als ob ihm heiß sei.

Ich hüstelte. Im Innern der Laube streckte Tina eine Hand aus.

Und als der mickrige Recorder, den wir nicht sehen konnten, mit dem nächsten Lied begann, trat Eberhard, im verschossenen Smoking, hinter einem eingetretenen Schrank vor. Machte drei unsichere Schritte in den verqualmten Raum hinein und mußte sich verbeugen, bevor ihn Tina bei den Händen faßte und mit ihm, trotz der langsamen Musik, so tanzte, daß die Körper sich nicht berührten.

Nachdem wir eine Weile durch das Fenster gelinst hat-

ten, fragte ich Franco neben mir: »Und was geschieht am Ende?«
»Nichts.« Er zog mich zum Kanal fort. »Ist jedesmal das gleiche: Erst die Show. Bisher nur Mode, wie Verkleiden. Dann tanzt einer mit ihr, der andre fläzt sich auf das Sofa und trinkt Bier.«
»Und woher haben sie die Klamotten?«
Franco zuckte die Schultern. »Haben sie von Tinas Mutter. War mal beim Theater, glaube ich.«
Und während wir am Ufer des brackigen Kanals durchs Gebüsch nach Hause schlichen, fragte ich ihn vorsichtig: »Aber die ganzen Hefte?«
»Kapier ich auch nicht«, sagte er. »Du hast ihn ja dort sitzen sehen: Sabbert wie ein Bernhardiner. Wartet, bis er den Smoking kriegt. Und beide tun, was Tina will. Sie bestimmt die Regeln ...«

8

»Es ist nicht richtig«, sagte Kai, »daß wir hier im Gebüsch hocken und auf die beiden warten. Das nennt man spannen.«
»Alter!« Franco redete nur noch wie sein Vater auf dem Bau. »Alter«, sagte er, »was heißt hier richtig?«
»Eben einfach richtig«, antwortete Kai. »Oder würdet ihr das wollen, daß euch jemand heimlich zusieht?« Er stieß mich an.
»Weiß nicht.« Ich drehte mich nicht um. Sah verlegen

auf die Erde, bis mir einfiel, weshalb Kai plötzlich so zu reden anfing, als ob er meine Mutter sei. Na, logisch! Wegen Lisa. Ich begriff auch, wieso Kai nachmittags kaum Zeit mehr hatte. Aber weil mir das Gefühl, alles habe sich verändert, schlagartig den Atem nahm, als wär ich hingefallen, konnte ich nicht antworten, und schwieg.

»Richtig«, murrte Franco, »richtig!« Er schnaubte: »Absoluter Blödsinn! Endlich mal geschieht was! Und guck dir doch den Spinner an! Bei so einem Trottel ist es egal, ob man ihn beobachtet. Sieh ihn dir doch an!«

Viktor und Tina waren auf dem leeren Spielplatz aufgetaucht. Sie setzten sich beide auf die Schaukel.

Die Rathausuhr schlug viermal. Dann fünfmal für die Stunden. Im Gebüsch roch es nach Walnuß und nach frischer Hundescheiße. Tina setzte sich zu Viktor. Wir hielten den Atem an. Die doppelt schwere Schaukel schwang ein Stück zurück.

Es war still. Kein Wind, kein Vogel. Nicht mal die Geräusche ferner Autos. Tinas Hand in Viktors Nacken. Beide trudelten und schwankten. Sie auf seinem Schoß. Die Schaukel drehte sich um ihre eigene Achse.

»Ich hau ab«, murmelte Kai.

»Tu's doch!« grunzte Franco.

»Mach ich auch!«

Kai legte mir die Hand auf meine Schulter, als wolle er mir sagen: Komm doch mit!

Aber obwohl Franco wiederholte: »Alter, hau doch endlich ab! Mach schon! Pißt dir sonst noch in die Hose!«, und obwohl mich sein Gerede ärgerte und Kai mich ansah – schmale Augen, bitterer Mund –, blieb ich.

Und ich sagte sogar: »Und grüß Lisa von uns beiden.«
Franco fragte: »So ist das?«
Kai sah giftig zu mir hin.
Und ich sagte: »Logo.«

Wir warteten. Viktor schob Tina von sich weg. Wir dachten: So ein Vollidiot. Tina schaukelte, die Brüste unterm T-Shirt ebenfalls. Viktor hielt die Schaukel an und begann zu reden. Mit erhobenem Zeigefinger und die Stirn in Falten, stelzte er dabei vor ihr auf und ab. Sogar wir konnten erkennen, daß sich Tina langweilte, aber Viktor merkte nichts. Er wirkte wieder wie ein Mann aus einem alten Film, in dem die Bewegungen abgehackt und lächerlich erscheinen.
Wir hörten nicht, was Viktor Tina im einzelnen erzählte. Konnten nur manchmal einen Satz oder ein lautes Wort verstehen und sehen, wie sich Tina, während er immer schneller sprach und die Schaukel knarrte, in ihrem knappen T-Shirt zurücklehnte und eine Zigarette rauchte.
Sie paffte Viktor ins Gesicht, obwohl er seine Nase rümpfte, dem Rauch auswich, während er sprach. Und Franco mußte niesen. Es hörte niemand, weil der Wind die Blätter über uns bewegte. Der Himmel wurde dunkelgrau. Viktor und Tina schien es nicht zu stören.
Nach kurzer Zeit verstanden wir, daß er ihr zu erklären suchte, was für ihn die Liebe sei. Wir sahen es an den Gesten und seinem kläglichen Gesicht. Der Walnußduft und der Geruch nach frischer Hundescheiße machten mir Nebel im Gehirn. Der Wind wurde nun langsam stärker. Und während sich der Himmel weiter verfin-

sterte, schien Viktor, dessen Gesten fahriger wurden, hoffnungslos zu altern. Vielleicht, weil Viktors Liebe nicht die Liebe Tinas war, vielleicht nur, weil er merkte, daß sie ihn nicht so mochte wie er sie.
Tina schaukelte immer noch und rauchte dabei Zigaretten. Viktor redete immer weiter, obwohl sie ihm kaum zuzuhören schien.
Franco flüsterte: »Sie wollte bestimmt was anderes von ihm …« Er stieß mich an und zwinkerte.
Wir beschlossen, zu gehen. Es war deutlich zu erkennen, daß nichts mehr passieren würde. Tina würde weiterrauchen, Viktor würde reden.
Franco fragte mich: »Kapierst du, was sie an dem Blödmann findet?« Und ohne mich anzuschauen, ohne abzuwarten, ob ich diesmal eine Antwort geben würde, fuhr er fort: »Versteh ich nicht. Die Brüder fressen ihr doch aus der Hand. Und sogar in der Oberstufe gibt es welche, die was von ihr wollen …«
Franco kickte nachdenklich eine zerbeulte Coladose vor sich her und hob sie lässig mit den Zehenspitzen – pleng! – in einen Abfallkorb.
Hinter den Wolken hing die Sonne wie ein glattrasierter Kopf, der sich an den Rändern auflöst.
»Scheiße«, sagte Franco.
Zögernd fielen Regentropfen durch das Laub welker Kastanien. Franco stieß mit beiden Füßen nach einem verdorrten Ast, der herabgefallen war: »Ihre Show da in der Laube hast du doch gesehen.«
»Vielleicht …« Ich murmelte so vor mich hin. »Vielleicht macht sie es bloß aus Spaß?«
»Aus Spaß?« Franco blieb stehen. Hob mit einem Ruck

den Kopf. Über uns bewegten sich die Blätter. »Warum aus Spaß und wozu dann mit diesem Hampelmann?«
»Ein Spiel«, nuschelte ich.
Und weil er mit den Schultern zuckte und mich ansah wie ein Auto, versuchte ich das, was ich dachte, auszusprechen: »Um die beiden Brüder zu ärgern.«
»Du meinst, damit die Brüder sie mit Viktor sehen?« Franco reckte sich und sah mich anerkennend an.
Ich nickte. Wir lächelten. Ich war stolz auf mich, jedenfalls ein bißchen. Franco gab mir recht. Zum ersten Mal. Und während sich der Regen noch verstärkte und Franco mit den Füßen nach Kieselsteinen kickte, gingen wir schweigend durch den großen Stadtpark, am Teich vorbei und an den Trauerweiden. Ich mußte an Ayfer denken und daß sie mich nur noch selten zu bemerken schien. Neben mir lief Franco mit hochgezogenen Schultern, gebeugtem Kopf, die Hände in den Taschen.
Gerade als ich mich fragte, ob Franco jetzt mein bester Freund sei und wie man sich, bevor man geht, von einem besten Freund verabschiedet, blieb Franco unvermittelt stehen und murmelte: »Viktor ...« Dann eine lange Pause, ehe er meinte: »Klingt doch echt wie Fick-Tor, oder?« Er schaute nach den Enten, die auf dem Teich im Schilf verschwanden. »Aber bei dem Hänfling«, grunzte er und grinste müde, »läuft da unten sicher nix.«
Wieder klang es so, als würde nicht er selber reden, sondern Francos Vater auf dem Bau.

9

Das grüne Kreppapier war dick genug. Auch die Kerzen auf den Fensterbrettern blakten nur matt, der Klassenraum blieb schummrig. Und als es draußen endlich dunkel wurde, ließ Maren Schubert sogar das Licht seitlich der großen Tafel aus.
Viktor kam als erster. Er setzte sich am Rand des Raums auf einen Stuhl, als käme er zum Unterricht und nicht zu einer Klassenfete. Nach fünf Minuten stand er auf, holte aus seiner Schultasche eine Menge Knabberzeug und stellte es behutsam auf den dafür vorgesehenen Tisch.
Schließlich nahm er eine Schachtel, riß sie ohne Eile auf und schob sich das Salzgebäck langsam in den Mund.
Dreimal wanderten die Finger zu den Lippen. Krümel klebten an Viktors Vorderzähnen. Franco stieß mich an.
Wir schauten beide auf die Armbanduhr:
Exakt jede Minute aß Viktor einen Cracker, das hieß, er lutschte ihn.
Ayfer kam ein wenig später, sah sich um, entdeckte Viktor, der ihr zunickte, als grüßte er bloß eine Nachbarin.
Danach griff er wieder in die offene Schachtel und schob sich den nächsten Cracker in den Mund.
Franco stieß mich erneut an. Er tippte sich mit einem Finger an die Stirn und grunzte: »Panne.«
Sürel kam herein und lehnte sich in einer Ecke an die Wand. Eine Zeitlang geschah wenig. Ayfer tanzte mit zwei Mädchen.

Türken wirbelten im Breakdance auf dem gelblichen Linoleum. Doch als Maren Schubert Sürel von der Wand wegziehen wollte, weigerte er sich, mit ihr zu tanzen. Blieb reglos stehen, blickte finster, band sich, ganz Karatekämpfer, schließlich ein rotes Tuch um seinen Kopf.

Franco stieß mich an und sagte: »Panne. Hier ist jeder irgendwie bekloppt.«

Später wurde die Musik ruhiger, doch die Tanzfläche blieb noch für eine gute Viertelstunde leer.

Endlich drehten sich zwei Mädchen zu der langsamen Musik, hielten aber großen Abstand. Zwischen beiden hätte glatt noch jemand dritter Platz gehabt. Franco murrte: »Auch nicht, was wir sehen wollten, oder?«

Nach dem sechsten Lied erhob sich Lisa, die die ganze Zeit Kai am Kinn beknabbert hatte. Viktor aß inzwischen weiter seine Cracker. Einmal pro Minute wanderte die Hand zum Mund. Lisa zog Kai, der sich sträubte, mitten in das Klassenzimmer und schlang ihm die Arme um den Hals.

Kai drehte sich, weil er wußte, daß wir ihn beobachteten, ungeschickt und tapsig auf der Stelle. Dabei streckte er, um Lisa nicht versehentlich am Bauch zu berühren, seinen Hintern in die Luft. Franco griente und zerbrach eine Salzstange zu Krümeln. »Sieht doch aus, als hätte er – Mann! – die Hose vollgeschissen, oder?«

Franco buffte mich ans Bein, feixte, während er die Krümel auf den Boden bröseln ließ, und meinte: »Muß die Brillenschlange machen, weil er einen Ständer hat! Deshalb traut sich Kai, die Pfeife, nicht so richtig ran …!«

Nichts war ungewöhnlich. Auch nicht, daß ich mich

nicht traute, Ayfer aufzufordern, die in einer Ecke saß und an ihren Knöcheln kaute. Nicht mal, daß Frau Schubert jetzt mit einem Türken tanzte, der zuerst noch Faxen machte, dann jedoch die Augen schloß.
Erst als Ayfer sich erhob, zögernd durch den Raum zu Viktor und der Crackerschachtel ging, ihm direkt in die Augen sah und leise fragte: »Tanzt du mal mit mir?«, da erst war etwas geschehen, was sonst nicht geschah.
»Sie als Mädchen«, sagte ich und spürte wieder einen Stich im Magen.
Franco meinte: »Eine Türkin!« Er vergaß, mich anzustoßen.
Möglich, dachte ich, doch heute ist sie wieder Ayfer und sonst nichts.
Beide wagten wir weder ein- noch auszuatmen. Und weil gerade die Minute abgelaufen war, schob sich Viktor einen Cracker in den Mund.
Danach sagte er bestimmt: »Nein, ich möchte nur hier sitzen. Aber ich bedank mich für dein Angebot.«
»Jetzt«, ächzte Franco, »jetzt passiert was.«
Die mühsam vorgebrachten Worte schienen ihm noch halb im Hals zu stecken. Denn passieren sollte heißen, daß Ayfer, die vor Viktor stand, als habe er sie angebrüllt, die Schachtel mit dem Knabberzeug nimmt und ihm ins Gesicht wirft.
Nichts geschah. Wir atmeten wieder, weil man das nach einer Weile einfach tun muß. Die Musik lief langsam weiter. Ayfer stand, noch immer reglos aufgebaut, vor Viktor, als sich die Klassenzimmertür ruckartig öffnete. Alle blickten auf. Tina betrat ohne Hast den Raum. Sie sagte:

»Hallo!«, und Frau Schubert lachte, blickte uns an und meinte: »Je später der Abend…«
Viktor stellte seine Schachtel mit den Crackern neben sich auf den leeren Schemel und erhob sich. Der giftiggrüne Dämmer ließ ihn dünn und bleich erscheinen. Er schob Ayfer vorsichtig zur Seite. Dann ging er direkt auf Tina zu und fragte: »Tanzt du?« Sie nickte, und das nächste Lied begann.
Seine Hand in ihrem Nacken. Ihre Hand an seiner Hüfte. Kleine, unscheinbare Schritte. Viktor wirkte nicht mehr so, als ob er aus alten Filmen aufgetaucht sei und nur staksen könnte statt zu gehen. Er war endlich angekommen. Die Schachtel mit den Crackern blieb im giftiggrünen Licht unbeachtet liegen.
Es blieb ihnen eine Minute, bis die Tür erneut mit einem kurzen Ruck geöffnet wurde. Herein kamen die Brüder. Sie blieben stehen und schauten Tina zu.
Unwillkürlich packte Franco mich am Arm.
Man konnte sehen, wie sich Sürel an der Wand duckte. Seine Muskeln spannten sich unter seinem T-Shirt. Trotz des Zwielichts sah man seine Sehnen, die am Hals hervortraten, weil er seine Zähne aufeinanderbiß.
Ich begann zu schwitzen.
Franco zischte: »Das geht schief.«
Maren Schubert tanzte weiter. Nur der Türke, der von Sürel eingeladen worden war, rückte langsam von ihr ab und glitt, eine große Katze, die sich in den eignen Schatten duckt, zurück zur Wand, zu Sürel.
Sehr seltsam benahm sich Ayfer. Hielt nach einem Schritt kurz inne. Wendete sich wie im Traum mir zu, trippelte zurück, drehte sich im Kreis, stieß mit dem

Knie an einen Stuhl, setzte sich und stützte ihren Kopf in beide Hände.
Alle warteten.
Die Brüder gingen langsam durch den Raum. Schlichen nicht und wirkten dennoch so, als schluckten ihre Sohlen jeden Laut, obwohl die Stiefel auf dem gelblichen Linoleum tickten – tick, tack, tick – bei jedem Schritt.
Viktor tanzte enger, eng, ohne darauf achtzugeben, was um ihn herum geschah. Tina – das war sonderbar – blieb trotz der stillen Drohung bei ihm. Drückte sich noch dichter an ihn.
Ayfer vergrub ihr Gesicht in den Händen.
Doch als sich die beiden Brüder vor dem Tisch mit den Getränken aufstellten und Maren Schubert sich zu ihnen gesellte, spürte ich, wie Franco sich entspannte. Ich sah, wie sogar Sürel sich neben seinem Freund bewegte, und hörte, wie Ayfer aufzuatmen schien.
Später dachte ich, vielleicht hatte sie auch nur geschluchzt. Doch zunächst war ich wie alle anderen erleichtert. Bis Karl-Heinz die Colaflasche, die er in der Hand hielt, an der Tafel ansatzlos zerschlug.
Eberhard riß Tina weg von Viktor, ohrfeigte sie zweimal, ohne daß sie reagieren konnte, schubste sie danach in eine Ecke.
Sürel, der nach vorn stürzte, wurde durch sie aufgehalten, konnte folglich nicht verhindern, daß Karl-Heinz den Flaschenhals durch Viktors Gesicht zog.
Später stellte sich heraus, daß die Wange zwar zerschnitten, die Wunde aber harmloser war, als wir zuerst dachten. Doch im Augenblick sahen alle bloß das Blut, das vom Gesicht stetig auf den Boden tropfte, um sich

dort als dunkle Lache auszubreiten. Viktor, der die Augen schloß, hob die Hände und fuhr hilflos mit den Fingern durch die Luft.
Die Musik lief langsam weiter. Auch das Licht blieb giftiggrün. Nur der Freund von Sürel griff, während alle warteten, ohne Eile nach der Hand, aus der noch der Flaschenhals vorragte, und hielt sie fest.
Nichts passierte. Für Momente schien die Zeit auszusetzen. Jeder von uns blieb an seiner Stelle, blieb, wo er gestanden hatte, stehn.

10

»Wir haben etwas rausgekriegt«, sagte Sürel. Er schaute mich und Franco gewichtig an, als müßten wir vor Ehrfurcht verstummen. Seit Sürel dreimal in der Woche zu seinem Kung-Fu-Training ging, bewegte er sich nicht nur wie ein Cowboy, er ließ auch sein Gesicht kaum einmal lächeln. Die Blicke kühl und abweisend, ein Pokerface. Er machte seine Lippen schmal und gab sich sogar gegen seine Freunde hart und steif. Wir grinsten, wenn wir ihn so sahen, schmunzelten heimlich, oft auch offen. Aber er schien es nicht mal zu bemerken.
Kai nuschelte mit einem unterdrückten Grinsen in den Mundwinkeln: »Wir war'n bei ihrer alten Schule, Sürel und ich.«
»Von der ..., von der sie ...«, Sürel verhaspelte sich fast, um Kai zu unterbrechen, »... sie runter ..., von der man

sie geschmissen hat, die beiden Glatzen!« Und wieder gab er seinen Worten ein besonderes Gewicht.

Doch nach kurzem Schweigen sagte Ayfer nur: »Ach so.«

Auch Lisa meinte: »Ach.« Es klang wie ein halbverschlucktes Echo.

Und da Sürel sich deshalb, als sei er nun beleidigt, auf die großen Jutesäcke mit Kartoffeln fallen ließ, mußte Kai erzählen, was sie an der Schule rausgefunden hatten.

Ich konnte der Erzählung nur mit halbem Ohr folgen. Denn wenn Kai anfing zu reden, wurde alles umständlich. Außerdem war bei dem Treffen heute etwas anders, nicht wie sonst gelöst und freundlich. Alle wirkten angespannt. Nicht bloß Sürel, der sich mit geschürzten Lippen hinter einem Sack verkroch und schwieg.

Dabei trafen wir uns schon seit fast zwei Jahren in diesem Lagerraum des Gemüseladens von Ayfers Eltern. Wir saßen im Halbdunkel zwischen Obstkartons und -kiepen, offenen Säcken mit Getreide, wenigen Getränkekisten, rochen den Geruch der Ruhe, der Gewürze und der Wände aus rauh verputztem Stein. Man konnte die vielfältigen Düfte beim Einatmen fast schmecken, und jedesmal waren die Treffen so, als wirkte sich die Stille, das gedämpfte Licht, der Duft auf die Anwesenden aus, und zwar angenehm, entspannend wie ein Schaumbad. Heute nicht.

Es lag nicht nur daran, daß Sürel schmollte. Auch nicht daran, daß Lisa durch Kais lange Haare fuhr. Ich spürte es zwar deutlich, aber ich verstand nicht, was der Grund für die Verstimmung war.

Franco stieß mich an. Auch er schien etwas zu bemerken, zwinkerte mir zu und nieste. Immer wenn ihm unbehaglich wurde, fing er an zu niesen.
Ayfer wiegte ihren Kopf und begann zu summen.
Kai war inzwischen bis zum Kern seiner Schilderung gekommen. Alle staunten. Bis auf Lisa, die, egal was Kai tat, seine Brillenbügel kraulte, ihn bewunderte und deshalb mit gespitzten Lippen klitzekleine Küßchen gab. Ich mußte mich schütteln.
Franco stieß mich wieder an. So als wolle er mir sagen: Laß uns gehn, das Geknutsche kann man sich nicht ansehn, ohne Gänsehaut zu kriegen! Aber ich blieb sitzen, weil man bei den Treffen nicht so einfach ging.
Kais Geschichte, kurz und knapp: Die Brüder waren rausgeflogen, weil sie auf der andern Schule eines Tages, als der Primus sich im Kurs gemeldet hatte, plötzlich auf ihn zugegangen waren und ihm, während er beim Melden heftig mit den Fingern schnipste, jeder einen schweren Atlas auf den Kopf gehauen hatten. Als sie später im Lehrerzimmer nach den Gründen gefragt worden waren, hatten sie gesagt: »Ein Klugscheißer. Solche können wir nicht ausstehn.« Und: »Er hat noch Glück gehabt, manchmal sind wir nicht so zimperlich bei Strebern!«
»Der Primus«, sagte Sürel aus seiner Ecke, »hatte eine Gehirnerschütterung. Und was an den Rippen. Haben noch voll zugetreten, als er schon am Boden lag. Und deshalb müssen die Brüder jetzt Sozialdienst machen. Nachmittags. Darum haben sie der alten Frau damals über die Straße geholfen und den Einkauf besorgt.«
»Kommen die beiden eigentlich irgendwann wieder zur Schule?« fragte Lisa.

Das fragten sich alle in der Klasse. Denn nach der Fete waren die Brüder nicht mehr aufgetaucht. Sie blieben bis auf weiteres vom Unterricht ausgeschlossen.
»Ist noch nicht entschieden«, sagte Kai. Er kratzte sich an der Stirn.
»Wieso nicht entschieden?« fragte Franco.
»Weil sie vielleicht auch bei uns wieder runterfliegen«, meinte Kai. »Die Colaflasche ...«
»Und wie geht es Viktor?« fragte Ayfer.
»Ist nicht so schlimm, hab ich gehört.« Sürel kroch aus seiner Ecke vor und hockte sich zu Franco, der bloß auf den Boden stierte.
Ayfer murmelte: »Den Primus?«
»Ist doch logisch«, knurrte Franco. »Genau wie Kai's gesagt hat: weil das ein Streber war!«
Da Francos Sätze eigenartig böse klangen, schwiegen wir.
Und während sich zwischen den Gewürzdüften die Stille breitmachte wie schwarzer Staub, dachte ich daran, wie die Brüder hin und wieder versucht hatten, sich am Unterricht zu beteiligen. Sie starrten dann gespannt nach vorn. Manchmal zuckte der Arm des einen ruckartig hoch. Aber nur selten gelang ihnen die richtige Antwort. Und immer wenn ihr Beitrag falsch war, fühlten sie sich ungerecht behandelt und waren danach jedesmal längere Zeit nicht ansprechbar. Manchmal sogar für Tage. Und wenn die Lehrer sie dann fragten, schwiegen sie und schauten verbissen vor sich hin.
Die Stille in dem Lagerraum wurde nicht mehr unterbrochen. Nur Ayfer sagte, ehe wir uns trennten, leise, als könne sie meine Gedanken lesen: »Die Brüder möchten

gern kluge Brüder sein.« Sie lachte. »Doch das schaffen sie unter ihren Glatzen nicht, und dann sind sie beleidigt.« Sie wiegte nachdenklich den Kopf. »Aber vielleicht fliegen sie. Und dann sind sie für uns egal… Das wäre das beste…«

Ich war der einzige, der hörte, daß Ayfer etwas sagte, und deshalb nickte ich.

Sie fragte noch: »Wer kommt mit, Viktor besuchen?«

Und weil alle schwiegen, sagte sie: »Na gut.«

Während wir hinaus ins grelle Licht des Nachmittags traten, wuchs in mir das Gefühl, als hätten wir uns zum letzten Mal im Lagerraum des Obstladens getroffen.

Ich versuchte, mir die Einzelheiten des Lagerraums noch einmal einzuprägen, aber es war zu spät. Vor mir gingen Kai und Lisa, ohne mich noch zu bemerken, die Treppe hinunter zur U-Bahn. Und während Sürel zwei seiner türkischen Freunde mit Wangenkuß begrüßte, faßten Kai und Lisa einander an der Hand.

Alles geschah auf einmal, ohne daß ich es ändern konnte. Schon zog Franco mich am Ärmel hinter sich her, als Ayfer noch mal nachhakte: »Kommst du jetzt mit zu Viktor oder nicht?«

Zwischen uns wuchsen wie zwei Schatten die Brüder aus dem Pflaster hoch. Viktor stand neben ihnen, blutbeschmiert. Und während ich die Augen schloß, um die Gestalten zu verjagen, fiel mir auf, daß Ayfer mich dies eine Mal vor eine Wahl gestellt hatte: besuchen oder nicht.

Trotzdem gab ich keine Antwort, schüttelte nicht mal den Kopf, folgte nur Franco, der mich fortzog, und

hörte Ayfers ärgerliche Stimme, als sie mir nachrief: »Ach so ist das!« Und dann ein zweites Mal: »Ach so!« Ihre Stimme gab mir einen Stoß, doch Franco zerrte mich immer weiter hinter sich her und sagte leise: »Komm schon, Alter, komm mal mit.«
Er grinste mir verschwörerisch zu und zwinkerte dabei mit den Augen: »Los, Alter, laß die andern mal machen. Ich zeig dir was, das wird dich überraschen. Das hast du sicherlich noch nie gesehn.«

11

Die Straßen waren schlecht beleuchtet. Der Bürgersteig war schmal. Die Bäume wirkten entlang der unverputzten Mauer, hinter der hin und wieder ein Güterwagen polternd über die Abstellgleise rollte, auffällig kümmerlich und krank.
»Das kommt vom Altöl«, erklärte mir Franco, »das sie auf der andern Seite in den Boden laufen lassen.«
Ich fragte mich, was er an dieser Gegend interessant fand. Wenn man einen Menschen traf, schaute der, als fürchte er seinen eigenen Schatten, und lief schneller. Vielleicht, weil wir auf Francos Rad so eigenartig aussahen: Franco fuhr, während ich mürrisch das Gleichgewicht zu halten suchte, beide Hände fest verkrallt in seinem ausgebleichten T-Shirt. Ich stand auf dem Gepäckträger. Franco trat und schwitzte.
Manchmal war mir sein Interesse an den Brüdern un-

heimlich. Es kam mir vor, als wollte er so sein wie sie. Er hatte mir erzählt, wir würden sehen, wie sie arbeiten. »Die verdienen richtiges Geld!« Mir war das egal. Ich wünschte mir, ich wäre nicht mitgekommen. Aber nach dem Treffen im Lagerraum des Obstgeschäfts waren plötzlich alle ihrer Wege gegangen, nur Franco hatte mich einfach mit sich mitgezogen.

»Und was wollen wir dann dort tun?«

Ich beugte mich nach vorn und brüllte. Franco strampelte, als habe er die Frage nicht verstanden. Ich beugte mich noch tiefer zu seiner Baseballkappe runter und brüllte ihm denselben Satz noch mal ins Ohr. Das Fahrrad schwankte. Franco fuhr zusammen. Wir kollidierten mit dem Buschwerk, das Bürgersteig und Mauer trennte. Ich hängte mich an Franco. Wir fielen mit dem Fahrrad langsam um.

»Blödmann!« Er saß neben dem Lenker, sah mich an und murmelte: »Was soll die Frage?«

»Weil...« sagte ich und zögerte, »was wolln wir noch von Karl-Heinz und Eberhard? Von ihrem Alten, was weiß ich? Die Brüder kommen so schnell nicht wieder. Die sind erst mal vom Unterricht ausgeschlossen! Und wenn wir etwas Schwein haben, fliegen sie ganz von der Schule!« Ich rappelte mich auf. »Dann sind wir die beiden endgültig los.«

Franco musterte mich lange, zupfte Gras von seiner Hose, die er sich vor ein paar Tagen – »siehst du, Alter, echt mit Schlag!« – in irgendeinem Keller gekauft hatte und seitdem trug, grinste kurz und wisperte: »Eins: Du wirst dich irren. Zwei: Es wird dich interessieren. Drei: Du bist mein Kumpel, deshalb kommst du mit.«

Ich sah Franco zweifelnd an: Das Wort Kumpel klang nach Bau, nicht nach Freundschaft. Trotzdem klopfte ich mich ab, half ihm, seinen Fahrradlenker zurechtzubiegen, und stieg, als er nickte, wieder hinten auf.

»Es riecht hier seltsam«, sagte Franco. Vor uns stand ein flacher Bau. Dach und Wände waren aus Wellblech. An der Rückseite Container. In den Trögen Innereien, Reste. Hinter uns ein Hafenbecken. Wir hockten, verdeckt von einem Schuppen, nah den großen Eingangstoren, die sich gerade öffneten. Das Fahrrad hatten wir auf der andern Seite des Hafens gegenüber dem Schlachthof in einem Gebüsch versteckt.

Ich senkte meine Stimme: »Du wolltest doch hierher, nicht ich. Außerdem, was gibt es hier zu sehen?«

»Hm, es riecht hier eigenartig«, sagte Franco unbehaglich, »das war tagsüber noch nicht so.« Seine Stimme klang im Dunkeln klein, belegt, nicht mehr bestimmt wie vorher.

Ich mußte husten, weil mir der Geruch des Bluts den Atem nahm. »Tagsüber ist alles besser, weil man alles besser sieht.«

Franco schien das nicht zu trösten.

»Vielleicht«, fügte ich hinzu, »wird tagsüber hier auch nicht so viel geschlachtet.«

Ich flüsterte unwillkürlich, obwohl ich schon mal gesehen hatte, wie ein Huhn geköpft wird. »Das, was riecht, ist das Blut der Tiere, der Schweine.«

Franco malmte: »Kann schon sein. Trotzdem wird mir schlecht.«

Und gerade, als ich sagen wollte: Kotz aber lieber leise,

weil sie uns sonst entdecken!, genau in dem Moment erkannten wir die Brüder, die durch die Halle stapften. Jeder trug ein totes Tier. Die Halle war erleuchtet. Die Tore waren riesig und standen sperrangelweit auf.
»Das«, murmelte Franco, »das hab ich dir zeigen wollen. Und wie sie mit ihren Messern alles in Portionen teilen ...«
Ich fragte, ob sie das dürften, wo sie doch erst sechzehn waren. Franco übergab sich.
Vielleicht hätte uns keiner der Arbeiter entdeckt, obwohl man Francos Erbrechen über den Hof hallen hörte. Vielleicht hätte der Schatten der Schuppenwand uns auch verborgen. Aber als Franco anfing, sein letztes Essen vor sich auf die Bahnschwellen zu speien, ging gleichzeitig der Scheinwerfer an einem Sattelschlepper an, und zudem kroch ein Güterzug, drei Lichter in der Dunkelheit, langsam auf uns zu.
So sahen uns gleich zwei. Die Brüder waren nicht darunter. Ich rannte mit Franco zum Hafenbecken. Und nur, weil wir ins Wasser sprangen, wurden wir nicht weiter verfolgt.
Es war ein stillgelegtes Becken. Im Wasser trieben Dosen und Reste toter Schweine. Hier mal ein Knochen, dort noch Schwarte. Dazwischen schillerte Benzin. Und obwohl ich befürchtete, daß Franco untergehen würde, schwamm er und kotzte währenddessen. Es war ein widerlicher Anblick. Doch auch, daß wir im Hafenbecken an alte Kotelettknochen stießen, war nicht besonders angenehm.
Wenn ich nicht gerade Wasser schluckte, dachte ich an meine Eltern. Sie würden fragen, weshalb ich so naß sei

und außerdem nach *Kraftstoff* rieche. Mein Vater sagte immer *Kraftstoff*. Manchmal überlegte ich, ob er vielleicht durch seinen Beruf ein bißchen ungewöhnlich war. Die Leute kamen zu ihm in die Praxis und legten sich auf eine Couch. Und während sie zur Decke schauten, begannen sie zu reden. Mein Vater saß nur da und lauschte. Und hin und wieder schrieb er ein Wort auf einen Block und unterstrich es. Er lauschte wirklich und hörte nicht nur einfach zu. Und weil er wirklich lauschte, bekam er dafür Geld.
In der Schule redete ich niemals von der Arbeit meines Vaters. Ich wußte, alle würden lachen. Ich lachte manchmal auch. Aber nur heimlich. Und manchmal mußte ich auch heulen. Besser wäre es gewesen, mein Vater hätte so wie der von Ayfer Gemüse oder Obst verkauft. Oder wie der von Sürel in der Fabrik gearbeitet – von mir aus auch wie Francos Vater auf dem Bau. Aber er lauschte nur, was andere sagten. Und schrieb vereinzelt Wörter aufs Papier.
Als Franco und ich die andere Seite des unbenutzten Hafenbeckens erreichten und dort an der Mauer sogar die Eisenleiter fanden, dachte ich daran, daß mein Vater hin und wieder sagte: »Vielleicht solltest du doch aufs Internat.«
Ich kannte Internate nur aus Filmen. Sie wirkten fremd und altertümlich und ähnelten in ihrer Art dem komischen Gehabe Viktors. Ich zuckte jedesmal die Schultern. Ich wußte, was mein Vater als nächstes sagen würde: »Aber wahrscheinlich ist es besser, du bleibst dort, wo du bist. Ist viel *konkreter*.«
Ich ahnte, daß mein Vater die Mitschüler im Auge hatte,

wenn er das Wort *konkret* benutzte, und fragte mich, ob alle von uns dazu gehörten oder nicht. Ein bißchen klang das Wort – so, wie er es benutzte – nach einer Krankheit, die man nur ab und zu mal spürt.
Die Leitersprossen, an denen Franco und ich uns festhielten, um erst mal zu verschnaufen, waren voller Schmiere, glitschig und mit Moos bedeckt. Obwohl die Luft noch warm war, fingen wir an zu frieren.

12

Wir stanken. Franco trat eilig die Pedale, ich stand auf dem Hinterrad und zitterte ein bißchen. Während Franco strampelte, grummelte er hin und wieder: »Mist, das kriegt mein Vater raus. Oh, Mann, und dann gibt's Senge…!«
Ich überlegte, was mein Vater oder meine Mutter sagen würden. Ich war noch nie so lange weg gewesen und auch noch niemals in ein Hafenbecken mit Benzin und Müll gefallen.
Wahrscheinlich aber würden meine Eltern bei einer Cocktailparty sein. Nur mein kleiner Bruder würde schon in seinem Zimmer schlafen, so daß ich meine Sachen heimlich in die Waschmaschine stecken könnte. Niemand würde was bemerken. Doch bei Franco war das anders. Bauarbeiter gehen nachts nicht unbedingt auf Cocktailpartys. Deshalb kämpfte Franco verbissen mit der Zeit.

Vielleicht fuhren wir deshalb bei Rot und auf dem Gehweg über eine Ampel.
»Warum?« fragte der Fahrer des Wagens, der deswegen dicht vor uns angehalten hatte. Es war ein Polizeiwagen, und darum kam die Stimme des Fahrers über Lautsprecher. »Weshalb«, fragte er und ließ sein Blaulicht kreisen, »stehst du auf dem Hinterrad, statt auf dem Gepäckträger zu sitzen?«
Eine unsinnige Frage, aber Polizeibeamte mögen Fragen dieser Art, weil sie dann die Wichtigkeit ihrer Arbeit spüren.
Regelmäßig strich das Blaulicht an meinem Gesicht vorbei, und der Duft des Hafenbeckens tauchte mein Gehirn in einen Nebel. Aber Franco gab nicht auf. Unterstützt von zwei fuhrwerkenden Armen erklärte er dem dickbäuchigen Beifahrer, daß es ziemlich schwierig sei, nicht mit der Hose in die Speichen zu geraten, wenn man auf dem Gepäckträger eines Fahrrads sitzt.
»Rot«, erwiderte der Mann, »es war an der Lichtanlage Rot.«
Lichtanlage, das hieß: Ampel. Für die ganz normalen Menschen. Nicht für Polizeibeamte.
»Das ist richtig«, sagte Franco, »aber sehn Sie, wir sind naß. Darum wollten wir nach Hause. Schnell, und nirgends kam ein Auto.«
»Aber«, fuhr der Beifahrer dazwischen, »auf dem Bürgersteig.«
»Das ist richtig«, sagte Franco, »aber sehn Sie, unser Rad hat kein Licht, und auf der Straße, auf der Fahrbahn fahren Autos. Da die Autos auf der Fahrbahn« – Franco kam jetzt durcheinander – »fahren müssen, auf

der Fahrbahn, und uns ohne Licht, die Autos, dann nicht sehn ...«

»Nicht sehn!« Nun mischte sich der Fahrer ein.

»Kein Licht!« fügte der Beifahrer hinzu.

Beide nickten streng und nachdenklich und lange, als ob jemand einen unsichtbaren Hebel angestoßen hätte. Blasses Blinken rutschte ruhig über Jalousien und Scheiben. Unbeirrt kreiste das Blaulicht, als der Fahrer einen Kugelschreiber zückte. Wir standen mittlerweile ein Stück vom Polizeiwagen entfernt.

Der Fahrer fragte Franco nach Namen und Adresse.

Niemand schien darauf zu achten, ob sich irgendwer dem Wagen nähern würde. Während der Mann ungeduldig mit dem Kugelschreiber Krakel ins Notizheft malte, druckste Franco noch herum, nannte eine Straße, die es gar nicht gab.

Uns war es egal, ob jemand an der Tür des Streifenwagens rütteln würde. Nicht jedoch den Polizeibeamten. Dennoch sagte ich kein Wort, als Karl-Heinz und Eberhard unvermutet hinter einer Häuserecke auftauchten und aufs abgestellte Auto mit dem kreisenden Blaulicht zugingen.

Beide wirkten so, als hätten sie noch gerade tote Schweine aufgeschnitten, ausgenommen, Berge von Koteletts gesäbelt, Schädel- oder Schenkelknochen mit der Axt zertrümmern müssen und als sei dabei das Blut bis in ihr Gehirn gestiegen.

Ich dachte: Auch die noch! Aber Franco redete wie ein Wasserfall über Verkehrsprobleme.

Doch während sich der Fahrer, sogar der dicke Beifahrer dem Fahrrad widmeten, dem Licht, das sowieso

nicht funktionierte, bückte sich Eberhard und stieß etwas, das dünn und spitz sein mußte, erst in die beiden Vorderreifen, dann in die hinteren.
Der Streifenwagen schien zu schrumpfen, ging ganz allmählich in die Knie. Bedächtig blinkte weiterhin das Blaulicht. Die Polizisten drehten sich, so schnell sie konnten, um. Sie hörten, wie die Luft entwich. Aber Karl-Heinz und Eberhard waren schon losgelaufen.
Der Fahrer rief: »Was tut ihr da?«
Der Beifahrer: »Bleibt stehen, sofort!«
Aber die Brüder rannten.
Ich boxte Franco in die Seite, der dastand wie ein Eisenpfahl und nur den Mund aufsperrte.
Und als die Polizeibeamten die Brüder unschlüssig verfolgten, griff ich sein Rad, und er sprang auf. Ich stemmte mich in die Pedale. Die Polizeibeamten riefen. Um uns herum war immer noch der strenge Duft des stillgelegten Beckens, der Kotze und des schillernden Benzins.

13

Ein Weg, welliges Buckelpflaster, Mauern an beiden Seiten, Gleise. Wir rutschten mit dem Rad in eine Schiene und kippten, als der Reifen platzte, um.
Der Knall war wie ein Schuß. Wir horchten, ob uns die Polizeibeamten verfolgten. Die Gegend wirkte dunkel wie ein Grab.
Wir rappelten uns auf, und Franco stieß mit dem Fuß

nach seinem Rad. Ich war in Brennesseln gefallen und hätte, obwohl ich die Quaddeln eilig mit Spucke überstrich, gerne geweint. Doch hätte Franco dann den anderen von mir erzählt. Deshalb schluckte ich nur heftig und wartete, ohne zu wissen, worauf.

Denn es gab nichts, nur Mauern. Dahinter Schienen und Schotter. Manchmal ein funzeliges Licht.

Franco fummelte noch immer am geplatzten Vorderreifen. Aber gerade als ich ihn fragen wollte, was wir denn nun tun sollten, erschien unter einem Torbogen ein Schatten, dann ein zweiter, und beide Schatten hatten kahle Köpfe.

»Hallo«, sagte der erste.

»Hi«, sagte Eberhard.

Vielleicht gibt es Augenblicke, in denen man vergessen kann, daß man auch Atem schöpfen muß, wenn man noch irgend etwas machen will. Auf jeden Fall gibt es Momente, in denen man den Herzschlag der Nacht ringsum zu hören meint, in denen man bemerken kann, wie sich ein Eindruck in den Kopf gräbt – ich sah ein Bild: das Unkraut an der Mauer. Spürte das Rucken meiner aufgerissenen Augen, sah plötzlich meinen eigenen Schädel, darunter die vor Schreck entstellten Züge, tastete mit den Fingerspitzen nach meiner Haut und fühlte nichts.

»Hallo!« sagte Eberhard. Und noch einmal: »Hallo!«

Denn weder ich noch Franco waren fähig, etwas zu erwidern oder auch nur ein Wort zu sagen. Wir konnten uns nicht mal bewegen. Selbst das Zittern ließen wir, so gut es ging.

Ein knappes, angespanntes Schweigen. Verstohlen lin-

sten wir nach einem Fluchtweg, als Karl-Heinz uns angrinste und zwischen seinen Zähnen den kurzen Satz zerkaute: »Das habt ihr beide richtig cool gelöst.«
Ich konnte hören, wie sich Franco mühte, nicht laut zu schlucken – oder schlimmer: noch mal zu kotzen.
Er fragte, und in seiner Stimme blieb ein leichtes Zittern hängen: »Warum habt ihr uns eigentlich geholfen?«
»Weil ihr«, lachte Eberhard, »unsre Hilfe brauchtet.«
Karl-Heinz trat mit den schweren Stiefeln nach einem Stück des Fahrradreifens. »Außerdem sind wir grundsätzlich gegen Bullen. Das genügt als Grund. Die sind schlimmer als Kanacken!«
»Aber«, sagte Franco zaghaft, vielleicht, weil für ihn alles viel zu schnell ging, »ich bin Spanier, wißt ihr das?«
Stimmt nicht, wollte ich schon sagen, nur die Mutter, nicht sein Vater, biß mir aber auf die Zunge. Etwas an der Antwort war nicht richtig, war wie ein zerquetschter Käfer, den man danach essen muß.
Sie zögerten. Ich kaute an den Knöcheln. Sie lächelten, nachdem sie mit den Stiefeln den Rest des Fahrradschlauchs zerkrümelt hatten. Sie schwiegen. Und sie hoben ihre Schultern. Ich dachte: Ich bin Deutscher – wie ihr auch!
Dann schlugen sie Franco beide auf die Schulter. Ihre Stiefel knirschten auf dem alten Kopfsteinpflaster.
Ich spürte wieder, wie die Quaddeln von den Brennesseln mich juckten. Doch traute ich mich nicht, zu kratzen.
Franco knickte in den Knien etwas ein und schloß die Augen. Bis er hörte: »Spanier? – Gegen Bullen ist uns das egal ...«

Sie hatten uns aufgefordert, mit ihnen mitzukommen. Sie sagten: »Wegen der Klamotten, die könnt ihr bei uns wechseln.«
Franco schulterte sein Rad und folgte ihnen wortlos. Selbst seinem Rücken sah man an, wie sehr Franco sich fürchtete, seinem Vater zu begegnen. Naß und stinkend und mit geplatztem Reifen.
Ich zögerte, obwohl das niemand merkte. Dann ging ich mit den Brüdern und Franco mit, obgleich ich mir nicht sicher war, ob die Brüder wirklich wollten, daß wir sie besuchten.
Vielleicht hatten sie uns nur im ersten Überschwang zu sich eingeladen. Manchmal schauten sie sich an, als sei ihnen nicht mehr ganz wohl bei dem Gedanken, daß wir gleich ihre Wohnung sehen würden. Franco merkte davon nichts. Und auch die Brüder wirkten so, als sei ein Entschluß für sie ein Entschluß, den man nicht mehr umwarf.
Also gingen wir weiter. Während wir über Zäune stiegen und auf dem alten Bahngelände den Schäferhunden, die die Brüder kannten, auswichen, uns weder unterhielten noch anhielten, um auszuruhen, fragte ich mich, warum ich mit den Brüdern mitgegangen war.
Ich hätte sagen können: aus Angst. Aus Angst davor, daß sie beleidigt wären, wenn man ihrer Einladung nicht folgte. Wahrscheinlich war das sogar richtig. Nur war es nicht der ganze Grund.
Denn es gab etwas, das ich mir bislang nicht eingestanden hatte und das mich an den Brüdern faszinierte, seitdem ich sie zum ersten Mal in der Klasse gesehen hatte: zwei Silhouetten, je ein kahler Kopf.

Es waren nicht die Heftchen. Auch nicht, was mein Vater unter *konkret* verstand. Nicht der Hafen mit den Schweinen. Nicht einmal die Gartenlaube, die sonderbare Maskerade mit Tina und die Tanzerei. Auch nicht, wie bei Franco, die Fähigkeit der Brüder, sich zu prügeln. Es war etwas anderes. Etwas, das ich nicht genau benennen konnte. Es war das Gefühl, daß sie auf der anderen Seite standen, die mir, weil sie dunkel war, Furcht verursachte und Unbehagen, mich aber dennoch anzog.
Wir gingen weiter, stiegen über Zäune. Liefen durch stillgelegte Tunnel und kletterten an Böschungen hinunter. Ich sprach inzwischen fast schon mit mir selber. Doch niemand achtete darauf. Ich war ein Stück zurückgeblieben.
Vielleicht gab es die andere Seite ja überhaupt nicht. Doch seitdem ich Ayfer auf der Klassenfete vor Viktor hatte stehen sehen, dachte ich mir, daß es sich lohnen würde, das herauszufinden.
Deshalb holte ich tief Luft. Danach fragte ich Karl-Heinz, warum er und sein Bruder arbeiteten, so richtig, dazu noch in einem Schlachthof.
»Obwohl wir noch zur Schule gehn wie ihr?« Er sah mich an, hob eine Braue, schüttelte müde seinen Kopf, grunzte, drehte sich weg und schwieg, während er langsam weiterging. Und mir fehlte der Mut, die Frage einfach zu wiederholen.
Aber anstelle seines Bruders antwortete Eberhard: »Kapierst du sowieso nicht…« Dabei schob er seinen Kopf etwas vor und rollte seine Schultern, als jucke es ihn an den Schulterblättern, an einer Stelle, wo man sich nicht selber kratzen kann.

Und während er hinzufügte: »Wir gehen zwar zur Schule, aber eben nicht nur«, bog er vor mir starke Äste eines Strauchs zur Seite, um mich durchzulassen.
Und Franco sagte: »Halt mal kurz mein Fahrrad!« und sprang, zusammen mit Karl-Heinz, vom Bahndamm auf den Hinterhof. Sie rollten – rascher Purzelbaum – über den weichen Rasen.

14

Die Wohnung roch nach Feuchtigkeit, obwohl der Sommer gerade erst vorbei war.
Karl-Heinz schloß hinter uns die Tür. Wir tasteten uns durch den Flur, in dem es keine Birne gab, bis in die Küche, einen Raum, der ungewöhnlich groß war und beinah quadratisch. Wir schauten uns verstohlen um: Die beiden Zimmer schlossen sich direkt an die Küche an. Nur das Bad und eine Kammer hatten eine Tür zur schmalen Diele.
»Warum gibt's kein Licht im Flur?« fragte Franco vorsichtig.
»Manchmal mag es unsre Mutter nicht, wenn es zu hell ist«, antwortete Eberhard, »dann dreht sie die Birnen aus der Fassung.«
Karl-Heinz ergänzte: »Und vergißt, wo eine fehlt... Manchmal müssen wir die dann ersetzen.«
Ich dachte: sonderbare Mutter. Aber ich sagte lieber nichts. Es fiel nicht auf, weil ich ja selten etwas sagte.

Und außerdem merkten wir alle plötzlich, daß die nassen Schuhe von Franco und mir auf dem Teppich Wasserflecken hinterließen.
»Zieht die Botten lieber aus«, murmelte Karl-Heinz.
Sein Bruder zuckte fast entschuldigend die Schultern: »Unsere Mutter ist da eigen. Sonst ist sie nett. Nur mit dem Dreck, da kriegt sie öfter eine Krise. Nicht immer. Aber wann, das weiß man nie.«
Jetzt erst, als ein bißchen Licht von der Küche in den Flur fiel, bemerkte ich, wie sauber es sogar in der Diele war. Der Teppich wirkte, als ob jemand jeden Fussel einzeln aufgehoben hätte. Und dort, wo das Licht direkt auf die Scheuerleisten fiel, glänzte das lackierte Holz. Es gab keinen Staub, in keiner Ecke.
Allerdings fiel das Licht nicht in allzu viele Ecken. Denn die Wohnung lag im Souterrain. Über den Räumen gab es je einen Hängeboden. Die Fenster, alle ebenerdig, blickten auf das Kopfsteinpflaster eines Bürgersteigs.
Tagsüber konnte man wahrscheinlich die Schuhe der Passanten sehen, denn die Fensterscheiben waren genauso sorgfältig geputzt wie die Fliesen an der Spüle. Nirgends lag etwas herum. Die Wohnung sah aus, als ob man einen Werbefilm für Ata drehen wollte. Zu ordentlich. Zu aufgeräumt. Und deshalb nicht geheuer.
Vor allem, wenn man die Janetzki-Brüder anschaute, die groß und klobig zwischen den Porzellanfiguren auf den Fensterbänken und all den gehäkelten Deckchen auf jedem Tisch oder Stuhl standen. Die beiden Brüder schienen sich in dieser Küche unwohl zu fühlen. So wie es einem im Kaufhaus in der Geschirrabteilung geht, wenn man sich kaum umzudrehen wagt.

Wieder hatte ich den Eindruck, die Brüder bedauerten, uns mitgenommen zu haben. Wahrscheinlich hatten sie nicht nachgedacht. Sie dachten sicher selten nach. Und als die Polizeibeamten uns angehalten hatten, waren wir in den Augen von Karl-Heinz und Eberhard wohl plötzlich *tough* und *cool*. Und jetzt standen wir hier in ihrer Küche. Und irgend etwas war ihnen daran nicht angenehm.
Vielleicht hatten sie erwartet, daß jemand da sein würde. Vielleicht – ich überlegte – war es so was wie ein Prinzip von ihnen: Weil ihr hier seid, bleibt ihr auch, basta.
Franco und ich fühlten uns unbehaglich. Der Teppich in der Diele war so hell, daß man die Flecken von unsern Schuhen trotz des dämmrigen Lichts ziemlich deutlich sehen konnte.
»Scheiße«, sagte Franco leise.
Und ich fragte, während ich mich unbehaglich umsah: »Wo ist denn eure Mutter?«
»Liegt vielleicht im Bett«, knurrte Karl-Heinz.
Er sah uns an, als ob damit alles gesagt sei, was es zu sagen gab. Deshalb schwiegen wir.
Franco setzte sich umständlich auf einen hellen Stuhl. Plötzlich wirkte der Stuhl in dieser Hochglanzküche irgendwie dünn und zerbrechlich.
»Leg lieber Papier drunter! Deine Hose ist bestimmt noch naß!«
Eberhard reichte Franco, bevor er die Sitzfläche berührt hatte, hastig ein Stück alte Zeitung. Schob es ihm unter den Hintern. Seltsam war, daß die Seiten säuberlich gefaltet waren.

»Danke«, sagte Franco überrascht. Dann fragte er: »Was ist jetzt eigentlich mit den Klamotten? Zum Wechseln.« Und wieder sah ich, daß er sich Sorgen machte wegen seines Vaters.
Die Brüder zögerten und pulten verlegen in den Ohren, kratzten sich am Hals.
»Die Türen sind zu«, knurrte Karl-Heinz.
»Zu beiden Zimmern«, fügte sein Bruder vorsichtig hinzu. »Wir müssen warten.«
»Schicksal!« brummte Karl-Heinz. Und wieder gab er uns zu verstehen, daß damit erst mal alles gesagt sei, fertig, aus.
Franco war verblüfft und schwieg.
Weil die Brüder merkten, daß wir uns nicht wohl fühlten, öffneten sie den Kühlschrank und boten uns ein Bier an.
Franco trank schnell. Ich nippte nur. Mir war die Küche unheimlich. Ich hatte das Gefühl, es könne nur eine Hexe darin wohnen, auch wenn ich wußte, daß es keine Hexen gibt. Aber als ich mich umsah, war ich mir nicht mehr so sicher. Denn die ganze Ordnung wirkte nicht echt, eher wie eine Falle. Als ob man irgend jemandem etwas vorgaukeln möchte.
Ich hatte mir die Wohnung völlig anders vorgestellt. Unaufgeräumt und schmuddelig. Mit dreckigem Geschirr und alten Sachen. Mit staubverschmierten Fensterscheiben, leeren Flaschen auf den Tischen, alter Zeitung in den Ecken, durchgetretenen Dielen, löchrigen Gardinen oder sogar Spinnweben. Aber nichts von dem.
Und gerade deshalb fühlte ich mich unwohl. Es kam mir vor, als ob hinter den geschlossenen Türen irgend etwas

lauerte, als ob in den beiden Zimmern etwas vorbereitet würde, während wir dasaßen. Etwas, das nicht gut war, ganz im Gegenteil.
Weil mir die Atmosphäre immer unheimlicher wurde, hätte ich die sonderbare Küche lieber schnell verlassen. Aber das war nicht mehr möglich. Ich wußte es. Obwohl ich an dem Bier, das vor mir stand, nur nippte, wurde mir langsam schwummrig. Die Brüder wurden unruhig, redeten aber trotzdem nicht. Franco, der die Stille nicht ertrug und dem die Frage sicher schon auf der Zunge brannte, fragte die Brüder noch mal nach dem Schlachthof.
Sie antworteten einsilbig. Wichen aus, blieben wortkarg. Wirkten, als würden sie auf etwas warten.
Franco bohrte trotzdem weiter. Tat, als ob er die Janetzkis schon seit Jahren kennen würde. »Warum seid ihr da? Ich meine, wo ihr doch erst siebzehn seid? Siebzehn – oder sechzehn?«
»In ein paar Wochen siebzehn«, sagte Eberhard.
»Ja, und warum dürft ihr dann …? Ich meine, alles. Das mit den Schweinen. Überhaupt: arbeiten.« Franco kam mit seinen Sätzen durcheinander, weil die Brüder bloß auf ihre Bierflaschen starrten.
Endlich knurrte Karl-Heinz: »Wir dürfen das. Wegen unserm Vater. Der gibt uns da für achtzehn aus. Bei seinen Kollegen.«
»Schon … ja schon, aber warum … wollt ihr das?«
»Wir wollen nicht. Wir sollen.«
»Und warum sollt ihr?«
»Sollen ist nicht richtig: müssen.« Eberhard blies in die Flasche. Es gab einen hohlen Ton.

»Müssen«, murmelte Karl-Heinz. »Meistens müssen wir.«
Franco fuhr sich durchs Gesicht, das vom vielen Bier schon rot war. »Also«, sagte er, »noch mal: Durch euren Alten dürft ihr das? Weil der dort arbeitet?«
»Genau.«
»Und wieso müßt ihr?«
»Auch wegen ihm.« Eberhard öffnete die nächste Flasche.
»Weil's bei ihm früher genauso war.« Karl-Heinz malte mit den Fingern Linien ins verkippte Bier.
»Deshalb zahlen wir auch Haushaltsgeld.«
»Oder helfen Mama.«
Weil Franco zu erstaunt war, konnte er nicht weiterfragen, sondern schluckte nur sein Bier und begann vor Aufregung zu niesen. »Aber«, setzte er dann an: »Aber, aber ...«
Karl-Heinz knurrte: »Außerdem hat unser Vater noch 'ne Tussi.
Und das kommt teuer, is' ja klar.«
Bevor Franco fragen konnte, was es damit auf sich habe, pochte es mehrfach schüchtern in einem der beiden Zimmer gegen eine Schranktür oder an eine Kommode. Ich erschrak und fuhr zusammen. Eberhard lief schnell zur Tür, öffnete und schloß sie hastig.
In der Küche war es still. Unwillkürlich lauschten wir. Vielleicht bis auf Karl-Heinz. Doch weder ich noch Franco achteten auf ihn.
Hinter der Tür hörte man unterdrücktes Flüstern. Bettzeug raschelte. Pantoffeln schlappten gegen einen Schrank. Danach vorsichtige Schritte. Unter dem Tür-

spalt war kein Licht. Tappen in dem dunklen Zimmer. Dann führte Eberhard die Mutter langsam in die Küche. Wenn man sie von nahem sah, wirkte sie überraschend jung. Nur die Hände zitterten. Manchmal zuckte das Gesicht, ohne daß die Frau daran etwas ändern konnte. Unwillkürlich dachte ich: Das ist die Hexe.
Obwohl sie nicht bedrohlich wirkte und auch gar nicht hutzlig war. Sie lief nur sonderbar gebückt, als fürchte sie, es könne jemand ihr gleich eine Kopfnuß geben. Ihre Gesichtshaut war sehr bleich, wie straffgezogenes Cellophan.
Das erste, was sie tat: Sie zog, obwohl es draußen dunkel war, die Vorhänge vors Fenster.
»Das macht sie immer«, murmelte Karl-Heinz, »hab ich euch ja gesagt. Sie mag kein Licht.«
Es war ihm peinlich. Er stand auf. Lief rasch ins Zimmer, in dem die Mutter wohl geschlafen hatte, holte Sachen: Jeans, Sweatshirts und Pullover. Aber das Licht blieb aus.
Selbst in der Küche wurde ausgeknipst. Es brannten nur zwei Kerzen. Eberhard zuckte die Schultern, als wolle er erklären: Von uns kann keiner was dafür.
Plötzlich roch ich den Schnapsgeruch. Und obwohl alles weniger verhext erschien, seitdem die Mutter aufgestanden war, wollte ich nur noch weg, ganz schnell nach Hause. Die Mutter war betrunken.
Franco fragte beklommen: »Wo ist denn euer Vater? Schläft der im andern Zimmer?« Plötzlich wurde auch Franco unheimlich zumute. Er rutschte auf seinem Stuhl umher und starrte Richtung Diele.
»Nee«, murmelte Eberhard, »darf aber niemand rein.«

Er starrte unsicher auf die Zimmertür, als könne sie sich dennoch plötzlich öffnen.
Wir wechselten im Bad schnell unsre Sachen. Gingen zurück in die Küche. Schauten uns hastig an und steckten unser Zeug in Plastiktüten. Es roch nach Hafen. Hin und wieder plitschte ein Tropfen auf den Boden. Inzwischen war es kurz vor zwölf. Man hörte einen Schlüssel am Schloß der Wohnungstür.
Die Mutter wurde plötzlich steif. Der Schlüssel rutschte mehrfach ab.
»Wer ist das?« fragte Franco.
»Vater«, sagte Eberhard. Und sah so aus, als sei er nicht nur völlig überrascht, sondern auch fürchterlich erschrocken.
»Und wieso sagt er nichts?«
»Sagt nie was.«
»Und wieso laßt ihr ihn nicht rein?«
»Weil er ein Vieh ist, deshalb.«
Franco schaute ungläubig. Ich glaubte Eberhard sofort. Auch wenn mir vom Bier schon schwindlig war. Denn während sich der Vater am Schloß zu schaffen machte, konnte man sehen, wie Karl-Heinz und neben ihm auch Eberhard, ein Schatten ihrer selbst, verfielen.
Sie waren gar nicht mehr die Brüder, sondern nur unscheinbare Körper nah der Wand. Sie sahen aus, als wären sie nur noch bei sich, nicht mehr in der Umgebung, als würden sie auch nicht mehr wahrnehmen, was um sie her geschah.
Eberhard winkte uns mit einer schwachen Geste, wir sollten uns in eine Ecke ducken. Der Vater würde uns dann nicht beachten.

Ich sah, wie die Gesichter der beiden sich veränderten. Obwohl nur die zwei Kerzen brannten. Es war, als würde alles Fleisch am Kiefer, an den Wangenknochen zurück in ihre Schädel fallen. Die Zahnreihen rutschten nach vorn. Die Augen, stumpf und schwarz, vier Steine, glitten in ihre Höhlen. Haut überspannte das Skelett. Und nur die Sehnen, die wie Borke waren, traten nach außen und pulsierten leicht.
Franco und ich beeilten uns. Und während Eberhard die Kerzen in der Küche löschte, so daß nur noch das Straßenlicht durch die Ritzen der Vorhänge die Küche fahl beleuchtete, schaffte es der Vater, die Haustür aufzuschließen. Man hörte ihn sich räuspern. Er betrat den Flur.
An irgendeiner Kirchturmuhr schlugen die Glocken Mitternacht.
Die Mutter lehnte an der Wand. Franco ging langsam in die Knie. Dann begann er – das war seltsam, ich hatte es noch nie bei ihm gesehen – tonlos zu beten, faltete die Hände.
Ich wagte nicht, zu lachen. Stand nur mit aufgerissnen Augen wie ein Pfahl in meiner Ecke und betrachtete die Küche, von der ich nicht glauben konnte, daß es sie wirklich gab.
Karl-Heinz und Eberhard verharrten dicht beieinander nah der Spüle. Nicht, als ob sie fürchteten, ihr Vater würde sie gleich schlagen, und doch in der Erwartung eines unabwendbaren Geschehens.
Franco betete. Ich merkte, wie der rauhe Stoff der Hose an den Oberschenkeln kratzte. Eberhard knirschte mit den Zähnen. Immer noch waren die Köpfe beider Brü-

der wie die Schädel von zwei Toten, die man erst nach Monaten ausgegraben hat.
In der Mitte, nah dem Tisch, stand der Vater. So, als könne er die Küche kontrollieren. Doch er schwankte. Und das Licht reichte nicht, um Gegenstände deutlich zu erkennen.
Er hätte auf den Schalter drücken können, aber das tat er nicht. Fuhr sich fahrig durchs Gesicht. Rieb sich ausgiebig die Augen. Musterte die schattenhaften Schemen der beiden Brüder, schüttelte den Kopf. Mich und Franco übersah er. Obwohl wir uns nicht versteckten.
Er wandte sich der Mutter zu, die leblos an die Tür gelehnt auf ihn zu warten schien – als sei er wer, dem man gehorchen müsse.
Er winkte ihr kurz mit dem Kopf. Sie löste sich vom Türpfosten und folgte seiner Geste, indem sie die dunkle Küche durchquerte und die Tür des zweiten Zimmers still und ergeben vor ihm öffnete.

15

An der Tür stand: *Frankie's Billard*. Franco ging voran. Die Brüder, Hände in den Hosentaschen, folgten. Ihre Köpfe saßen auf dem Rumpf, als seien sie zwei Rammböcke aus Stein. Ich hielt mich noch im Hintergrund, weil ich mit dem Billardqueue überhaupt nicht umgehen konnte, ließ die anderen drei vor und tat so, als würde ich die Getränkepreise aufmerksam studieren.

»Komm schon«, sagte Eberhard, »echt, das kannste lernen.«
Alle Plätze waren besetzt. Am Tresen standen die, die auf einen freien Tisch warteten oder Termine vorbelegen wollten.
Der Raum war langgestreckt, fast eine Halle, und nicht sehr hoch. Die Spieler rauchten. Sie hielten ihre Zigaretten im Mundwinkel und kniffen ein Auge zu. Die Luft war warm und stickig und schien über dem grünen Filz der Billardtische zu verharren. Franco bestellte nen Schnaps. Er hatte sich verändert, seitdem wir uns nachmittags mit den Brüdern trafen. Wir trafen uns mit ihnen trotz ihrer sonderbaren Eltern. Die zählten nicht – die Brüder zählten. Und das, was sie unternahmen. Besonders Franco war versessen darauf, die beiden kennenzulernen. Alles, was sie wie selbstverständlich taten, machte er so, als müsse er darin der Beste werden.
Egal, ob er den nackten Frauen in Videokabinen zusah, in neuen Heftchen blätterte oder an Glücksspielautomaten auf Ziffern und Symbole starrte: Es interessierte ihn nicht nur anders als der Unterricht, es hielt ihn fest, nahm ihn gefangen, war nicht bloß Neugier wie bei mir. Manchmal ging er deshalb sogar nicht zur Schule.
Ich schwänzte auch, doch nicht so oft. Und obwohl ihm sein Vater – »Bin ich denn dein Bimbo?« – selten die Entschuldigungen für die Lehrer unterschrieb, fehlte Franco viel häufiger. Für mich war es nicht schwierig, Entschuldigungen zu bekommen. Meine Eltern waren abends häufig abgelenkt und hörten nur mit halbem Ohr, was ich von ihnen wollte: Sie unterschrieben, ohne hinzusehen.

Und da die Brüder nach wie vor vom Unterricht beurlaubt waren, weil erst entschieden werden sollte, was wegen des Zwischenfalls mit Viktor zu geschehen habe, bekam nur Franco Schwierigkeiten. Hin und wieder sah man das, weil er eine geschwollene Backe hatte.

Vor uns in der Billardhalle warteten drei Türken. Und ein großer Araber mit offenem Hemd. Zwischen den Haaren auf der Brust hing eine Kette.

»Das ist echtes Gold, mein Lieber«, sagte Eberhard.

Die Türken und der Araber bekamen den letzten Tisch. Sie spielten Pool. Wir warteten am Tresen, tranken Kaffee.

Karl-Heinz buffte mich am Arm: »Kaffee, weil beim Billard Klarheit angesagt ist. Klarheit, Kleiner!«

Eberhard ging zu den Tischen, schaute eine Weile zu und stieß, als er sich umdrehte, dem Araber versehentlich an dessen rechten Stoßarm.

Ich hatte all die Fachworte gelernt, um zu verstehen, wovon die andern redeten, und konnte trotzdem genausowenig spielen wie vorher.

Der Queue des großen Arabers berührte die schwarze Acht. Sie rollte sehr gemächlich auf eins der Mittellöcher zu. Karl-Heinz fuhr vor und fing sie auf, bevor sie fallen konnte.

»Da habt ihr echtes Schwein gehabt«, sagte der große Araber und legte sich die Kugel, um seinen Stoß zu wiederholen, erneut zurecht. Er grinste.

Man konnte, weil er seinen Mund weit aufriß wie ein Pferd, das gähnt, die goldbesetzten Zähne sekundenlang betrachten.

Ich sah, wie sich Karl-Heinz schon spannte, sah, wie er

sich bereitstellte, sah auch, daß zwei der Türken den Billardqueue fester umfaßten, und wußte, daß der Araber aus den Augenwinkeln darauf achtete, was Karl-Heinz oder Eberhard unternehmen würden.
Sie taten nichts. Eberhard hielt seinen Bruder an den Armen fest.
Und deutete, ein unscheinbares Nicken, auf Frankie, den Besitzer – und auf den großen Dobermann, der neben der Musikbox auf einer Decke lag.
Der Araber plazierte die schwarze Acht im letzten Loch, kassierte von den Türken Geld, und alle gingen, während sich die Brüder Kugeln und Queues bereitlegten, zum Tresen, wo der Dobermann auf seine Decke sabberte.
Nachdem die vier bezahlt hatten, schlurften sie zum Ausgang und fingen an, sich laut zu streiten. Man hörte sie im Treppenhaus: türkisch, deutsch, arabisch oder nur Gebrüll.
Vielleicht waren ihr Streit und das Gebrüll nur vorgetäuscht. Doch daran dachte ich erst später. Sollte vielleicht der Anlaß sein, um mit zwei deutschen Kahlköpfen ein Spiel zu spielen: Wer von uns ist besser? Wer hat vor wem am meisten Schiß? Man weiß so etwas immer erst, wenn alles schon vorbei ist.
Wir standen um den Tisch herum, rückten die Kugeln an die Stelle, wo sie am Anfang liegen müssen. Ich merkte, daß meine Hände vor Aufregung schon schwitzten. Da drängten sich die vier dazwischen.
Nicht grob, nur so, als wär der Tisch von ihnen noch belegt. Der Araber erklärte uns, sie bräuchten unbedingt Revanche. Ich wußte, was passieren würde. Deshalb

fing ich an zu zittern. Ich dachte an den Nachmittag im Park, als die Brüder Franco und Kai verprügelt hatten, sah den Ausdruck, der die Gesichter der beiden stumpf erscheinen ließ, als habe man die Züge, die gerade noch lebendig waren, in kaltes Wachs gegossen. Nur in den Augen blieb ein Glanz, hart, ruhig und böse.

»Nein«, sagte Eberhard, »das ist unser Tisch.«

Der Araber schlug mit einer Flasche zu. Doch Karl-Heinz fing den Schlag mit dem Unterarm ab, rammte dem Araber den Kopf gegen den Brustkorb. Und dann sagte er leise, aber so, daß auch die Türken es verstanden: »Ihr fickt doch eure Mütter. Verpißt euch in den Busch.«

Der Araber war sicherlich sechs Jahre älter als die Brüder. Auch die Türken wirkten so, als seien sie schon achtzehn. Doch würde ihnen, selbst wenn Franco und ich nur einfach stehenblieben, um zuzusehen, der Unterschied kaum etwas nützen. Genausowenig wie der Queue, mit dem ein Türke ausholte, als Karl-Heinz ihm gegen die Knie trat.

Der Türke fiel nach hinten. Der Dobermann am Tresen knurrte. Vorm Fenster zündeten die Lampen, weil es draußen dämmerte.

Frankie, der aus dem Keller kam, griff nach dem Schlagstock, brüllte: »Halt!« Und Eberhard warf eine Billardkugel dem zweiten Türken mitten ins Gesicht.

Der Türke spuckte Blut. Die Gäste rückten von ihren Tischen ab. Die Kugeln rollten unbehelligt über das grüne Billardtuch, und manche fielen in ein Loch.

Der Dobermann war aufgesprungen und biß jetzt einer Frau ins Bein. Frankie schrie: »Das bezahlt ihr mir!«

Und Eberhard, in jeder Hand zwei weitere Kugeln, klickediklack, darunter auch die schwarze Acht, trat dem großen Araber, der sich im Billardfilz verkrallte, in den Unterleib. Das Messer, das er in der Hand hielt, klirrte vor ihm auf den Boden, weil er stöhnen mußte und sich dann erbrach.

Während sich die Gäste, und zwischen ihnen Frankie, mit dem Dobermann abmühten, murmelte Karl-Heinz: »Kacke. Hauen wir ab.«

Ich sah mich im Spiegel nicken. Nur Franco, der dem dritten Türken mit einem Queue gegen den Kopf schlug – von hinten, und man konnte hören, daß etwas im Kopf zerbrach – hatte mich vielleicht gesehen. Aber da war ich ihm schon lange nicht mehr wichtig.

Der dritte Türke fiel, ohne die Hände noch vor sein Gesicht zu heben, auf einen Billardtisch im Eck und blieb – sein Haar war voller Blut – reglos zwischen den bunten Kugeln auf dem grünen Billardfilz liegen.

Karl-Heinz nuschelte: »Komm jetzt endlich!« Der Dobermann zerbiß zwei Mäntel. Ein Gast versuchte, aus der Kasse die Hundertmarkscheine zu nehmen. Frankie versprühte Tränengas. Der Türke, der sich sein Knie hielt, sagte zu Franco: »Mann, bist du ein Feigling!«

Und obwohl Franco schon drei Schritte zum Notausgang gemacht hatte, blieb er nun stehen, ballte seine Fäuste, knirschte mit den Zähnen und wurde puterrot. Obwohl es ihm sehr schwerfiel, sich überhaupt noch zu bewegen, nicht aufzustampfen und zu schreien oder vor Wut zu heulen, drehte er sich dem Türken zu, der wegen seinem Knie nur sitzen konnte, und trat, ohne zu zielen, gegen den Oberkörper, die Arme und den Kopf des

Hockenden. Der Türke schaute ihn nur an und lachte – trotz der Schmerzen. So, als ob er sagen wolle: Mann, bist du ein jämmerliches Würstchen!
Mir fiel ein, daß er beim Billardspielen einen Arm, sonderbar steif, eng an den Körper gepreßt hatte und seinen Queue vor jedem Stoß erst ungeschickt zurechtrücken mußte. Jetzt rutschte der Ärmel seines Sweatshirts ein Stück hoch. Und während er noch lachte, obwohl aus seinen Augenbrauen schon Blut in seine Augen lief, konnte man sehen, daß sein Arm bis an den Ellenbogen eine Prothese war.
Trotzdem trat Franco weiter zu. Bespuckte den am Boden Verkrümmten und beschimpfte ihn. Er schrie: »Ich werd dir zeigen, wer hier ein Feigling ist!«
Und auch, als Eberhard ihn hochnahm, ihn durch das trübe Tränengas, verknäulte Gäste, Billardkugeln und Biergläser zum Notausgang zu schleppen versuchte, strampelte Franco weiter mit den Beinen. Und schrie dem Türken zu: »Ich kriege dich!«

16

Seit der Schlägerei beim Billard sah ich die Brüder kaum noch, weil Franco mir endgültig zuwider war und weil er sich mit ihnen so oft wie möglich traf. Trotzdem war ich der Einladung Eberhards gefolgt, kam aber viel zu spät. Es war schon dunkel.
Ich schob die lose in den Angeln hängende Gartentür

zurück, lief lautlos über eine Wiese, vorbei am Baum, an dessen Fuß Ayfer damals gesessen hatte, und hörte, ehe ich die Laube erreicht hatte, die Stimmen von Franco, von Karl-Heinz und dann von Tina.
Und weil mich irgend etwas davon abhielt, das Gartenhäuschen zu betreten, blieb ich vor dem Fenster stehen, im Schatten, so daß niemand mich sehen konnte. Im Innern war es hell.
Sie spielten zu dritt Flaschendrehen. Nur Eberhard saß regungslos auf der Matratze, abseits, und sah den andern zu.
Tina saß, schon beinahe nackt, auf einem Schemel. Und die Flasche, die auf dem Tisch zur Ruhe kam, zeigte auf Franco, der noch seine Jeans trug, aber zunächst zu zögern schien – obwohl ihm Karl-Heinz zunickte, als ob er ihn ermuntern wolle, nun endlich, wie verabredet, die Hose auszuziehen.
Franco stand da und schämte sich. Und während er sich schämte, wirkte er wirklich wie ein Spanier. Die Haare waren dunkel, schwarz und glänzten vor Pomade.
Karl-Heinz trat langsam auf ihn zu. Ich konnte nicht genau erkennen, ob es noch Spiel war oder Ernst. Er öffnete, ein knapper Ruck, Francos Gürtelschnalle. Die Jeans glitten an Francos Schenkeln herab. Darunter trug er nichts. Und deshalb grinsten Tina und Karl-Heinz.
Sie sagten: »Also!«, sahen sich an. Franco hielt seine Hände vor sein Schamhaar.
Ich dachte daran, wie er mir erzählt hatte, daß Unterhosen nur was für echte Spießer seien. Jetzt sah er gar nicht mehr so aus, als ob er noch der Meinung wär. Er starrte auf den Boden und rührte sich nicht.

Dann trippelte er ungeschickt, weil ihn die Hosen hinderten, auf einen dünnen Vorhang zu, als wolle er sich dort verstecken.
»Is' nich«, murmelte Karl-Heinz.
Und als Franco bittend zu Eberhard hinübersah, immer noch hielt er die Hände vor seinen Schwanz und seine Hoden, murmelte Karl-Heinz erneut: »Is' nich, Alter, komm schon! Es war abgemacht...«
Dann stellte Tina die Musik an. Und während sie sich schlangengleich in das Cocktailkleidchen zwängte, sich zur langsamen Musik anfing zu bewegen und ein verruchtes Lächeln ausprobierte, reichte Karl-Heinz Franco den abgeschabten Smoking, grinste und meinte: »Du solltest die Hose ganz ausziehen, das ist bequemer...«
Zuerst dachte ich, Franco würde trotzig den Kopf schütteln oder vielleicht aufstampfen. Doch dann streckte er tatsächlich eine Hand nach dem Smoking aus.
Tina kam näher. Und als Karl-Heinz den Smoking losließ, mußte Franco das Kleidungsstück mit beiden Händen greifen. Trotzdem glitt ihm der Smoking durch die Finger.
So stand er da: mit leeren Händen und einem steifen Schwanz.
Und nach wenigen Sekunden trippelte er hastig, noch immer mit gesenktem Kopf und Jeans, die ihm um die Fußgelenke hingen, behinderten, auf den dünnen Vorhang zu und verschwand dahinter – nur noch Silhouette.
Nach einem Augenblick der Stille begann Karl-Heinz zu klatschen. Und Tina klatschte ebenfalls. Doch brach sie gleich darauf den Beifall ab.

Und während Karl-Heinz sogar pfiff, fingerte sie nervös nach Zigaretten. Fuhr hastig in ihr Jäckchen und zog das kurze Cocktailkleid, soweit es ging, über die nackten Schenkel.
Dann hielt sie Karl-Heinz' Hände fest und lief mit einem alten Bademantel zum Vorhang, hinter dem Franco noch immer auf dem Sofa lag, ohne sich zu bewegen.
Doch erst als Karl-Heinz aufhörte zu pfeifen und zu johlen, konnte ich hören, daß Franco, obwohl er es zu unterdrücken suchte, trocken in die Kissen schluchzte.
Tina breitete den Mantel über ihn und setzte sich zu ihm auf die Couch.
Und während Franco liegenblieb, als wolle er dort immer liegenbleiben, öffnete Eberhard die Tür und trat – er überraschte mich – hinaus in den nächtlichen Garten.
Ich zuckte, obwohl er mich schon längst gesehen hatte, zurück. Und weil ich so ertappt aussah, mußte er lächeln, deutete rasch über seine Schulter und schüttelte den Kopf.
Ich nickte.
In der Laube wurde ein Flaschenbier geöffnet. Tina zog ihre Lippen nach und schaute in den Spiegel, während sie Franco streichelte und er – kein Wort und keine Regung – auf seinem Kissen lag.

17

Wahrscheinlich gab die Szene in der Laube den Ausschlag für meinen Entschluß, Ayfer in ihrem Obstgeschäft noch einmal zu besuchen. Ich wußte, daß sie nachmittags dort helfen würde beim Verkauf, und dieses Wissen ließ mich ruhig werden.

Die Vorstellung, an Francos Stelle nackt vor den andern stehen zu müssen, und Karl-Heinz haut sich laut lachend auf die Schenkel, war für mich wie ein Alptraum, aus dem man nicht entkommt. Und auch das Bild von Franco, wie er schließlich schluchzend dagelegen hatte, war furchtbar: das grausam rhythmische Lachen und die Behauptung, alles sei doch nur ein Spiel. Ich wollte nichts mehr von Karl-Heinz und seinen Scherzen wissen.

Am Abend vorher war ich langsam, und ohne daß mich Eberhard zurückgehalten hatte, nach Hause gegangen. Erst am Kanal entlang, dann durch das stille Kastenviertel.

Ich hoffte, als ich an den Häusern vorbeischlich, die mir viel ruhiger vorkamen als sonst, ich würde meine Eltern vielleicht zu Hause antreffen – obwohl ich ahnte, daß sie bei andern Leuten Cocktails tranken. Mir fiel auch ein, daß Mittwoch war. Und irgendwas mit Cocktails, an denen man nur nippen durfte, war Mittwoch abends immer.

Ich traf nur meinen Bruder.

Mein Bruder war erst achteinhalb, aber er wollte jeden

Abend wissen, wo ich gewesen war. Und ob ich nicht »actionmäßig« – so redete er dauernd – irgendwas erlebt hätte da draußen.
Er sah mich dabei an, als ob ich Batman wär oder Dick Tracy. Er sprang in seinem Schlafanzug mit den Donald-Duck-Köpfen vor mir durch die helle Diele und tat, als ob jemand auf ihn schösse.
»Flaschendrehen«, murmelte ich.
Und weil mich mein kleiner Bruder mit weit aufgesperrten Augen, aber ohne zu verstehen, anstarrte, grunzte ich: »Geh mit deinem Gameboy spielen. Oder guck von mir aus fern.« Denn große Brüder dürfen, weil sie älter sind, machen, was sie wollen.
Sein Mund schnappte zweimal nach Luft. Und ich sagte noch: »Gürkchen!« Denn ich wußte, daß er dann einschnappte und sich nicht mehr bei mir blicken ließ.
Es funktionierte. Er verschwand beleidigt. Ich hatte meine Ruhe und legte mich aufs Bett. Angelte meine Kopfhörer, fand rasch die richtige Musik – *Wind of change* von den *Scorpions* – und grub mich in mein Federbett und in die weichen Kissen.

Als ich das Obstgeschäft betrat, wurde es gerade unruhig, weil Ayfers Bruder einer Kundin, ohne daß die es merkte, den Plastikbeutel mit Gemüse in den Kinderwagenkorb unter ihrem Kind gelegt hatte. Er hatte ihr noch ein paar Tomaten dazugepackt und etwas Paprika. Doch weil die Frau, die gerade zahlte, meinte, man habe ihr den Beutel, den sie nicht sah, gestohlen, fing sie zu zetern an. Sie keifte, daß man ihr das Geld zurückzugeben hätte. Sie sah sich um, als nichts geschah. Man

konnte in ihrem Gesicht plötzlich die Verachtung lesen, als sie verkniffen zischte:
»Türken! Wer denn sonst!«
Sie hätte, wenn ihr Plastikbeutel gestohlen worden wäre, sicherlich recht gehabt. Denn niemand sonst, der in dem Laden wartete oder sich Obst aussuchte, war Deutscher – bis auf mich.
Doch so entstand mit einem Schlag ein seltsam angespanntes Schweigen.
Einige Kunden schauten die Frau und ihren Kinderwagen verstohlen an. Andere musterten nicht nur feindselig die Frau, nein, sie starrten auch ihr Kind im Kinderwagen an. Denn wer mag sich schon auf solche Art beschuldigen lassen?
Es war möglich, daß die Frau, weil ihr Kind geschrien hatte, in der Nacht kaum hatte schlafen können. Es war möglich, daß sie deshalb müde war und überreizt. Trotzdem war es nicht gut, sich derart aufzuregen, und auch falsch, denn unten im Wagen lag ja das Gemüse. Aber weil es Ayfers Bruder schwerfiel, richtig deutsch zu sprechen, und weil ihm die Aufregung die Sprache zusätzlich verschlug, konnte er nur mit dem Finger stumm auf die Ware zeigen.
Aber niemand sah nach ihm. Alle starrten auf die Frau, die plötzlich spürte, daß die Atmosphäre bedrohlich wurde, und sich deshalb hinter ihrem Kinderwagen zurückzuziehen versuchte.
Die erste, die etwas zu sagen wußte, war, wie oft in solchen Fällen, Ayfer: »Warum sind Sie wegen des Gemüses gleich so aufgebracht?«
Ihr Deutsch war diesmal makellos, und sie hatte außer-

dem einen Ton getroffen, der zwar höflich klang, aber bissig war und böse. Die Frau ruckte an ihrem Kinderwagen, so, als wolle sie die Kisten mit dem Obst beiseite schieben, um rasch zum Ausgang zu gelangen.
Und ehe sie etwas erwidern konnte, sagte Ayfers Vater, dem es nicht leichtfiel, deutsch zu sprechen: »Da aber liegt das Gemüse, unter dem Arsch von das Kind.«
Die Leute lachten. Nur die Frau senkte beschämt den Kopf und verließ – man half ihr sogar mit dem Kinderwagen – das Obstgeschäft. Sie murmelte Entschuldigungen, die kaum jemand verstand.
Zuerst schien Ayfer mich zu übersehen. Ihr Bruder grinste mir kurz zu. Ihr Vater reichte mir die Hand. Sie packte Pampelmusen aus und schaute mich nicht an.
Nach einer Weile nuschelte ich: »Hallo.« Sie richtete sich langsam auf, musterte mich von Kopf bis Fuß, als hätten wir uns nie zuvor gesehen. Dann sagte sie: »Ach, du bist es. Ich dachte schon, du hättest dir die Haare abrasiert?«
Und nach einem kurzen Schweigen meinte sie sehr leise: »Eigentlich wollte keiner mehr mit euch, mit Franco oder dir, je wieder reden.«
Und während ich nicht wußte, was ich erwidern sollte, sondern nur merkte, daß der Laden, vor allem der Geruch, mir viel vertrauter vorkam als die Wohnung meiner Eltern, fragte Ayfer: »Und wie sind sie, deine neuen Freunde?«
Ich sagte: »Sie sind nicht meine Freunde. Ich dachte nur, daß Franco … vielleicht … ich weiß es nicht.«
Wahrscheinlich, weil sie klüger war als alle anderen von uns, tat Ayfer plötzlich etwas, das ich ihr nie vergessen

werde, egal was noch passiert: Sie schloß mich in die Arme. Das sind die richtigen Worte. Auch wenn es nach Mutter und Muttersöhnchen klingt.

Später saßen wir auf den Stufen neben dem Obstgeschäft. Die Luft war warm und roch nach Autos. Der Himmel wurde dunkelrot. Wir aßen Fladenbrot. Die Tauben stritten sich um die Reste oder gurrten.

Mit einem Mal und ohne jede Vorbereitung fragte Ayfer, ob die Brüder bösartig seien, also bloß deshalb gewalttätig, weil es ihnen Spaß macht.

»Nee«, sagte ich und mußte husten, weil mich die Frage überraschte. »Nee«, sagte ich. »Die sind einfach so, weil's zu ihrer Welt gehört, verstehst du?«

»Und weshalb«, erkundigte sich Ayfer, »bist du nicht bei ihnen geblieben? Sondern zu mir gekommen, in ein Obstgeschäft von Türken, wo man Deutsche manchmal nicht besonders mag?«

»Ich glaube«, antwortete ich und meinte das Gefühl der Wärme nicht nur zu spüren, sondern auch zu schmecken. »Ich glaube«, wiederholte ich, »weil mir die Welt der Brüder einfach zu dunkel ist.«

Und nach einer Weile murmelte ich, fast unhörbar, denn mir war peinlich, es zu sagen: »Und weil man mich in der Welt der Brüder deshalb nur selten sieht. Ich rede ja so wenig.«

»Das klingt ein bißchen altklug«, flachste Ayfer. Sie kicherte. Und mußte danach lachen: »Von mir das eben auch.«

18

Die Brüder betraten das Klassenzimmer, als hätten sie niemals gefehlt, als wäre nichts geschehen, obwohl man noch die Narbe auf Viktors Wange sah. Sogar die dunklen Fäden ragten noch aus dem Schorf hervor. Aber die Brüder taten so, als hätten sie kein Wässerchen getrübt. Viktor merkte man nichts an. Er schien noch nicht mal aufgeregt zu sein.

Manchmal wirkte er ein bißchen wie der Spinner aus Indien, von dem wir nur gehört hatten. Einer, den man hauen konnte und der sich dann höchstens hinsetzte und friedlich war. Der hatte aber damals sogar irgendwas erreicht. Weil er es immer wieder tat, mit immer mehr Verbündeten, die alle nicht zurückschlugen. Bloß war hier nicht Indien, sondern eben Deutschland und die Gegenwart.

Sonderbarerweise hatte sich Viktors Vater für die beiden Brüder beim Schuldirektor eingesetzt.

»Vielleicht«, sagte Ayfer, »will er, daß sich Viktor endlich wehrt.«

»Ob er das schafft, nur weil es sein Vater möchte?« Ich hatte meinen Platz mit Sürel tauschen können und saß nun neben Ayfer, vorn in der ersten Bank.

Sürel tat noch immer so, als sei er mindestens ein Cowboy. Er hatte bloß die Schultern kurz gehoben, hatte die Pulloverärmel hochgeschoben und den Bizeps ein-, zweimal nach oben springen lassen. Ayfer hatte den Kopf geschüttelt und unwillig die Stirn gerunzelt.

Sürel hatte noch genuschelt: »Franco, der scheint jetzt gar nicht mehr zu kommen.« Aber er irrte sich, denn Franco kam nach der ersten Stunde.

Ayfer irrte sich auch. Oder vielmehr: Viktors Vater hatte sich geirrt.

Denn schon gegen Ende der ersten Stunde spürte man, daß Eberhard und Karl-Heinz auf ihren Plätzen unruhiger wurden.

In der Pause gingen sie rasch zu Tina. Es schien, als drängten beide sie, irgendwas herauszugeben, das sie keinem der beiden überlassen wollte. Karl-Heinz packte sie am Nacken, aber sie rückte es trotzdem nicht raus. Bis Franco sich dazugesellte, kaum daß er das Klassenzimmer unbemerkt betreten hatte. Ihm gelang es, ihr den Zettel, den sie in der Hand verbarg, blitzschnell zu entreißen.

Später habe ich mich oft gefragt, warum Franco die Nachricht auf dem Zettel nicht, bevor die Stunde anfing, selber vorlas. Vielleicht schämte er sich immer noch, weil Viktor uns damals gegen die Brüder beigestanden hatte.

Nur half das Viktor gar nichts mehr. Denn nachdem es geklingelt hatte, und bevor die Lehrerin im Klassenraum erschien, glättete Karl-Heinz den Zettel und erhob sich langsam. Neben ihm stützte Eberhard wortlos sein Gesicht in beide Hände, so, als ob er sich verstecken würde.

Tina reckte sich. Es schien, als ob sie etwas sagen wolle. Doch dann plumpste sie zurück. Wie ein Sack in ihre Bank, in der sie allein saß. Sie wandte sich brüsk ab und stierte unbeteiligt aus dem Fenster. Während Karl-Heinz

den Zettel noch mal gewichtig glattstrich, tat sie so, als würde sie all das nichts mehr angehen. Und die Klasse wurde plötzlich still.
Tina starrte auf die braunen Blätter, die draußen vor dem Fenster hin und wieder von den Zweigen fielen. Alle anderen begafften Karl-Heinz. Bis auf Eberhard, der sich mit der Stirn voran auf den Tisch legte und ächzte. Doch das hörte außer mir nur Ayfer. Und vielleicht Karl-Heinz, der die Nachricht laut und deutlich vorlas. Langsam, Wort für Wort.
Es war ein Liebesbrief. Und Viktor, der den Brief geschrieben hatte und anscheinend jetzt erst den unscheinbaren Zettel in Karl-Heinz' Hand erkannte, richtete sich stocksteif auf. Er horchte auf die ersten Worte – so, als ob ein Mann im Märchen eine dünne Melodie im dunklen Wald zu hören meint und es noch gar nicht glauben kann. Er lauschte angestrengt, als auf dem Zettel von seinen eigenen Gefühlen gegenüber Tina die Rede war, obwohl er doch die Sätze – es waren nicht sehr viele – besser als jeder andere kennen mußte.
Als das letzte Wort im stillen Klassenraum verklang, sackte er in seinem Stuhl zusammen, nachdem er vorher einmal tief gestöhnt hatte.
Das Geräusch kroch uns das Rückenmark entlang bis ins Gehirn und blieb dort hängen. Es klang, als müsse sich der Ton gewaltsam einen Weg bahnen, den Hals hinauf und über Viktors Zunge, gepreßt an seinen Lippen, blutleer und blaß, vorbei.
Dann ging die Tür auf. Maren Schubert wünschte, fröhlich wie immer: »Einen guten Tag.«

19

Es war noch immer heiß, obwohl die Bäume die Blätter langsam abwarfen, es schien, als hätte sich die Hitze zwischen den Häuserwänden festgesetzt.
Zunächst geschah sehr wenig. Trotz Viktors Liebesbrief hätte man denken können, alles sei so wie früher. Nur unter der Oberfläche gab es eine unsichtbare Spannung. Und jeder von uns sah sich bei allem, was er tat, besonders vor.
Viktor war für ein paar Tage nicht zum Unterricht erschienen. Die Brüder gingen ihrer Wege. Franco folgte ihnen wie ein Hund. Einige aus unserer Klasse schlossen sich den Brüdern an. Vielleicht nur, weil die Brüder größer waren und stärker als die meisten.
Abgesehen von Viktor war Tina die einzige, für die sich nach dem Vorlesen des Briefs etwas geändert hatte. Sie wirkte nachdenklich, und einmal sagte sie unverhofft zu Lisa: »Ich hätte ihnen von dem Brief nichts sagen sollen, nie.«
Sie traf sich sogar nachmittags mit Lisa, um mit ihr zu reden. Doch während sie im Park spazierengingen, kam zuerst Kai und später Eberhard dazu. Deshalb sprachen Tina und Lisa kaum von Viktor. Und als Eberhard erschien, redeten sie gar nicht mehr, sondern liefen schweigend nebeneinander her.
Kai erzählte es mir schon am nächsten Tag. Er war erstaunt, daß Eberhard Tina nachmittags im Park traf, ohne daß sein Bruder oder Franco mitgekommen wa-

ren. Ich wunderte mich weniger, denn ich hatte die vier im Kleingarten beobachtet – *mich* hatte Eberhard vor der Tür der Laube überrascht. Und mir hatte er zugenickt, bevor ich mich verdrückt hatte. Mich verblüffte es kein bißchen, daß er sich mit Tina verabredete ohne seinen Bruder.

Manchmal dachte ich auch, daß es nur ihm zu verdanken sei, daß mich Franco und die Brüder vollkommen in Ruhe ließen, obwohl ich von ihnen nichts mehr wissen wollte und mich sogar mit Ayfer wieder traf. Aber wahrscheinlich war es bloß wie immer: Man übersah mich. Für die andern war ich einfach nicht vorhanden. Und seit ich neben Ayfer saß und nicht mehr mit ihnen Billardspielen ging, wurde ich wieder Schatten wie vorher. Es war nicht mal Absicht. Nein, sie vergaßen mich.

Nur Franco wollte ganz bewußt nichts mehr von mir wissen. Er hatte sich entschlossen, die Brüder toll zu finden, mich bescheuert.

Der einzige, der unbeirrt das tat, was er sich vorgenommen hatte, war Sürel. Obwohl er nach wie vor beim Laufen fast zu fallen schien, trainierte er inzwischen jeden zweiten Tag Kung-Fu oder Karate.

Ayfer und ich besuchten ihn einmal in seinem Dojo, in dem das Training stattfand. Man durfte diesen Dojo nur betreten, wenn man die Schuhe vorher auszog. Und ehe Sürel und die andern mit einer Dehnübung begannen, mußten sie erst den Boden wischen. Danach saßen sie fast fünf Minuten auf ihren nackten Hacken, niemand sprach.

Später taten sie so, als würden sie wirklich miteinander kämpfen, einige traten gegen einen Sandsack. Und ob-

wohl der Meister – so nannte Sürel seinen Trainer – am Anfang der Stunde davon geredet hatte, daß Karate und Kung-Fu nicht zum Angriff dienen sollten, konnte man an den Gesichtern der gegen die Sandsäcke springenden Karatekämpfer ablesen, wofür sie all das taten.
Es waren fast ausschließlich Türken. Als wir den Dojo nach kurzer Zeit wieder verließen, fragte ich Ayfer, ob sie das alles nicht auch ein bißchen albern fände.
Aber sie erwiderte, während uns der Schweißgeruch zu verfolgen schien, daß ich ganz einfach allgemein von Sport nichts verstünde, weil ich nichts davon hielt. Sie hatte recht.

Als wir aus der Haustür traten, hatte es gewittert. Dennoch war die Luft nicht kühl, sondern feucht und drückend.
Wir liefen über einen Hof. Ich betrachtete Ayfer, die ein Stück vor mir ging. Schlank und federnd sprang sie über eine Pfütze. Früher waren die Etagen Teil einer Fabrik gewesen. Jetzt stand mehr als die Hälfte leer. Ich dachte: Schön, daß ich mit Ayfer einen Nachmittag allein bin.
Doch vor Ayfers Obstgeschäft warteten bereits Kai und Lisa. »Wo seid ihr gewesen? Wir haben euch schon überall gesucht.«
»Wir waren bei Sürel«, sagte Ayfer. »In seinem Dojo. Beim Karate.«
Ich stand reglos da und dachte: Jetzt ist der Nachmittag allein mit Ayfer wohl vorbei.
»Gut, daß wir euch gefunden haben«, meinten Kai und Lisa.

Neben ihnen saß in einem Auto, dessen Verdeck zurückgeklappt war, ein Mann mit silbergrauem Haar und einer Goldrandbrille. Auf der Motorhaube sah man noch die letzten Regentropfen.
»Das ist der Vater«, sagte Kai.
»Welcher Vater?« fragte Ayfer.
»Der von Viktor«, sagte Lisa. Leise fügte sie hinzu: »Der, der immer so viel reist.«
Er hatte uns die Hand gereicht, als sei er – fast wie Viktor – ein Mann, der Kutschenschläge öffnet. Wir waren bei ihm eingestiegen, weil Kai und Lisa meinten: »Kommt!« Der Wagen war sanft angefahren. Wir hatten uns zurückgelehnt und waren in der Rückbank fast versunken. Das sicherlich sehr teure Auto schwebte mehr, als daß es rollte.
»Warum reist er?« fragte Ayfer auf der tiefen Rückbank leise.
»Ist Geschäftsmann«, sagte Kai. »Oder so was ähnliches. Viktor und sein Vater ziehen immer um.«
Ich sah, daß Ayfer grübelte. Vorne tat Viktors Vater so, als ob er nichts verstehen könne. »Und wo geht Viktor dann zur Schule?« entfuhr es Ayfer, so, als sei die Frage ganz besonders wichtig. »Wie macht er das in all den andern Ländern?«
»Das ist nicht so schwierig«, meinte Lisa. »Deutsche Schulen gibt es beinah überall.«
Und während ich mir überlegte, ob Viktor wohl an jeder Schule genauso seltsam gewirkt hatte, bremste Viktors Vater lässig, wandte sich um und sagte: »Wir sind da.«
Kein Schloß. Noch nicht mal eine Villa. Bloß ein Einfamilienhaus mit Garten. Und selbst der Garten hatte

nur drei Beete und etwas bräunlichgelb verbranntes Gras.
»Kommt herein«, meinte der Vater. Wir stiegen zögernd aus dem Auto. Besonders zögernd rutschte Ayfer von der Rückbank, wand sich langsam aus dem offenen schwarzen Wagen und betrat das winzige Stück Wiese.
Auch mir war nicht wohl. Denn ich sah Ayfer wieder vor Viktor stehen, erinnerte mich, wie sie ihn auf der Fete bat, mit ihr zu tanzen. Außerdem mochte ich Viktor seit dem Liebesbrief auch nicht mehr als früher.
Ich hatte sogar überlegt, als uns der Vater zu sich einlud, nicht mitzugehen. Aber dann hatte ich gedacht, daß es besser wäre, Ayfer zu begleiten. Denn man konnte ja nicht wissen, ob Viktor die Liebesbriefe nun nicht eher Ayfer schrieb als Tina. Leuten mit gestelzten Gesten konnte man nicht trauen.
Im Haus war es kühl. Der Raum wirkte riesig, obwohl das Gebäude von außen nicht besonders groß ausgesehen hatte. In jeder Ecke hockten Porzellangeparden. Auf dem Tisch aus Glas lag eine Decke. Dann kam eine Frau aus Thailand mit einer Karaffe in den Raum.
Ayfer stand nur da und staunte. Kai und Lisa setzten sich. Beiden wurde eingegossen. Und während Kai sich unsicher an seine Brillenbügel griff, weil er nicht wußte, ob es ihm erlaubt war, sofort zu trinken oder nicht, begann ich mich zu fragen, ob die Brüder, was Viktor anging, nicht im Recht sein könnten.
»Stinkt nach Kohle, ist ein Arschloch«, hatte Eberhard gesagt. Bis mir einfiel, daß auch meine Eltern sicher genug Knete hatten und auch bei uns manchmal eine Polin saubermachen kam.

Die Frau aus Thailand huschte lautlos aus dem Zimmer. Ayfer zerrte mich hinter sich her zum Eßtisch. Die Stühle waren unbequem. Wir tranken vorsichtig den Saft. Frisch gepreßt und bunter Mischmasch. Der Vater saß nun ebenfalls. Ich fragte mich, wo Viktor blieb. Die Uhr, die neben dem Kamin stand, schlug übermäßig laut.

Ich hoffte, daß mir nicht das Glas umkippen und der rote Saft über das Tischtuch fließen würde. Denn so etwas geschah mir oft. Gerade in solchen Augenblicken. Und deshalb faßte ich das Glas mit beiden Händen an. Die andern schwiegen.

Sie schauten sich beklommen im übergroßen Zimmer um. Aber es gab nicht viel zu sehen. Den Tisch und eine Sitzecke. Und diese Porzellangeparden. Und einige Kakteen.

Ich hoffte, daß Viktors Vater endlich etwas sagen würde. Nippte am Saft und sah mich in Gedanken schon durch das große Fenster hechten. Kurz abrollen und am Swimmingpool vorbei zur Straße rennen. Als könnte er Gedanken lesen, sagte Viktors Vater ohne Grund: »Das Haus ist nur gemietet.«

Ich schrak aus meinen Träumen auf. Und beinah kippte mir das Glas doch noch auf den Tisch. Denn Ayfer stieß mir mit dem Fuß ans Schienbein, weil Viktor jetzt ins Zimmer kam. Doch er bewegte sich so leise, daß niemand außer Ayfer es bemerkt hatte.

Noch immer war die Narbe stellenweise nur verschorft. Sogar die dunklen Fäden ragten noch immer aus der Haut hervor.

Ohne uns ins Gesicht zu sehen, sagte Viktor müde:

»Hallo, guten Tag.« Und ebenso wie Ayfer wurde mir mit einem Schlag klar, daß Viktor uns auf keinen Fall eingeladen hatte.
Dann setzte er sich zu uns. Trank still von seinem roten Saft, als sei in seinem Glas bloß eingefärbter Lebertran, stellte, während sein Vater unruhig hin und her rutschte, schließlich das Getränk ab, sah zu Boden.
Und weil die einzige, die sich in dem großen Eßzimmer bewegte, die junge Frau aus Thailand war, die mit leisen Schritten das Salzgebäck auftrug und danach schnell hinausging, und weil das einzige Geräusch außer der Uhr die Gläser machten, die an die Glastischplatte stießen, gelang es Viktors Vater nicht, sich länger zu beherrschen. Er meinte, wenn auch zögernd: »Ihr seid doch seine Freunde.«
Und dann stand Viktor auf. Als er den Raum verließ, sagte er nichts. Wir schwiegen auch. Was hätten wir sonst tun sollen?
Ich überlegte, was Viktor seinem Vater erzählt hatte, ob er den Brief erwähnt hatte. Kai mußte husten.
Ayfer murmelte unwillkürlich, und man merkte ihrer Stimme immer noch das Staunen an – über Haus, Raum, Uhr und die Porzellangeparden: »Ich habe ihn nur zweimal im Krankenhaus besucht.«
Und Lisa fügte rasch hinzu: »Wir eigentlich gar nicht.«
Der Vater öffnete den Mund, als wolle er erwidern: Aber er hat mir doch gesagt…! Nur klappte währenddessen die Klotür überlaut ins Schloß. Man hörte einen Haken, den Riegel. Danach Wasserrauschen. Der Vater erhob sich rasch und rannte zur Toilette. Die Goldrandbrille rutschte ihm fast vom Gesicht.

Und während er begann, durch die geschlossene Klotür auf Viktor einzureden – man sah ihn nicht, man hörte ihn –, schauten wir uns wortlos an, standen leise auf und schlichen, unbemerkt von Viktor und seinem Vater, aus dem Haus und rannten schließlich über den verbrannten Rasen bis zur nächsten Kreuzung.
Und dort sagte Kai, bevor wir uns voneinander trennten: »Nee, Mann, nee – das glaubt uns keiner! Meine Fresse, echt.«

20

Viktor ging wieder zur Schule. Weder die Brüder noch sonst irgendwer schenkten ihm große Beachtung.
Es geschah wenig. Die Hitze nahm ab. Franco erschien eines Tages mit Glatze. Tina verzog den Mund, als fände sie ihn lächerlich. Viktor begann während der Pausen wieder seine Runden zu laufen.
Sürel trainierte. Ayfer und ich saßen nur nebeneinander.
Viktor fing an, sich im Unterricht unablässig zu melden.
Die Brüder, vor allem Eberhard, strengten sich ebenfalls an. Oft vergeblich. Einige Lehrer halfen ihnen. Anderen war es egal.
Doch immer, wenn Karl-Heinz oder Eberhard eine falsche Antwort gaben, wirkten ihre schweren Körper auf den Stühlen plump, und beide saßen, verletzt in ihrem Stolz, verloren da.
Manchmal schien es mir, als ob Viktor genau beobach-

ten würde, wie sie sich mühten. Als ob er sich merkte, wie oft sie mit einer Antwort ganz besonders dumm aussahen.

Hin und wieder meinte ich auch zu erkennen, wie er sich auf seinem Stuhl zurücklehnte, als sei er nun zufrieden. Jedesmal glaubte ich, wenn ich ihn so sitzen sah, daß sein Vater durch die Klotür etwas von »sich wehren« gesagt hatte.

Ich fragte Ayfer. Ihr fiel nichts auf. Und Maren Schubert redete eines Morgens im September davon, daß wir einen Klassensprecher bräuchten.

Sie sah uns an, während wir schwiegen. Sie wirkte plötzlich feierlich. Dann hielt sie uns noch einen Vortrag über Demokratie und weshalb so etwas auch für uns gut sei. Den meisten in der Klasse dürfte das zu diesem Zeitpunkt egal gewesen sein.

Und warum Viktor sich nur kurze Zeit danach entschloß, etwas zu unternehmen, die Brüder nicht nur zu ertragen, sondern zu handeln, ist mir auch später niemals klargeworden.

Vielleicht war das Zusammentreffen aber bloß Zufall.

Die erste Stunde. Mathematik. Pythagoras. Karl-Heinz war aufgerufen worden. Er stand, ein Kloß in Bomberjacke, gebückt vorn an der Tafel, als würde die Klasse im Rücken ihn hetzen.

Man sah, wie sich die Hände hektisch gegenseitig wrangen, sah, wie die Finger ein Stück Kreide zu feinem weißem Staub zermahlten. Die Springerstiefel scharrten am Linoleum. Die Nägel gruben sich ins Fleisch. Er setzte an, er sagte leise: »Denn das Quadrat der Hyto ...«

»*Über* der Hypotenuse«, verbesserte ihn unser Lehrer.
Karl-Heinz' Kopf nickte. Der Hals verkrampfte sich.
»Ist gleich der Summe der Katheter.«
»Katheder?« murmelte der Lehrer. Er wirkte hinter seiner Brille, als sei er endgültig verwirrt.
»Quadrate der Katheter«, grunzte Karl-Heinz gepreßt.
Noch wagte niemand, in die Stille hinein zu lachen. Erst als Viktor mit scharfer, klirrender Stimme und einem hämischen Tonfall, den keiner ihm zugetraut hätte, dazwischenfuhr und zischelte: »Es heißt Katheten – den Katheder steckst du dir, um zu scheißen, vielleicht in den Hintern!«, begannen einige zu grinsen.
Viktor lachte laut und schrill. Seine Stimme vibrierte ein wenig, als er weitersprach: »Oder auch, weil es klüger ist, gleich direkt in dein Hirn, wo die Scheiße brodelt.«
Zunächst herrschte für Augenblicke Ruhe. Dann prusteten die meisten von uns los.
Und mit einem Mal, als sich das Lachen auch nicht beruhigte, nachdem der Lehrer Viktor aus der Klasse geschickt hatte, konnte man spüren, daß sich bei vielen etwas Angestautes Bahn brach. Man fühlte, welche Angst sie vor den Brüdern empfunden haben mußten.
Alle gluckten. Karl-Heinz schlich gebeugt zu seinem Platz zurück. Ich merkte, wie sich Ayfer neben mir spannte. So, als wüßte sie erst jetzt, daß es doch kein Irrtum war, Viktor ganz o.k. zu finden.
Und während sich alle erleichtert bewegten und in der Bank herumrutschten, saß Eberhard ganz still. Ich sah seine Blicke, die kalt waren und schneidend und Viktor verfolgten, bis sich die Tür hinter ihm schloß.

21

Es war verblüffend zuzuschauen, wie sich die Stimmung änderte: Mit einem Schlag war Viktor nicht mehr der Sonderling, den alle für feige und beschränkt gehalten hatten, sondern der Klassenkamerad, der Karl-Heinz und Eberhard die Stirn bot.
Ich mochte unsere Klasse seither nicht mehr besonders, denn niemand bis auf Ayfer hatte sich in der Zeit davor um Viktor gekümmert. Im Gegenteil, sie hatten ihn verachtet, weil er sich auch bei kleinen Sticheleien nie zur Wehr gesetzt hatte, sondern immer so tat, als könne er darüber leicht hinwegsehen, als mache es ihm gar nichts aus, obwohl das keiner glaubte.
Ich mochte Viktor nach wie vor nicht, und es wurde mir unbehaglich, sobald ich sah, wie Ayfer sich erneut um ihn bemühte. Sie hat doch, dachte ich, das Haus mit all den Porzellangeparden und einer thailändischen Frau, die da bedient, gesehen! Und auch, wenn ich nicht sicher war, ob mich nicht nur die Eifersucht zu dieser Überlegung trieb, war eine Sache ganz gewiß: Die Aufräumfrau aus Thailand mußte doch einer Türkin viel näherstehen als mir.
Während der ersten großen Pause, nachdem Viktor Karl-Heinz hatte blöd dastehen lassen, lief Ayfer neben ihm die Runde und wollte ihm ihr Messer anbieten, mit dem sie nach wie vor zur Schule ging.
Sie sagte: »So was brauchst du jetzt!« Er sträubte sich dagegen. Das konnte man erkennen. Denn sein Gesicht

verzog sich beim Anblick ihres Messers, als würde er sich vor der Klinge ekeln.
Ich sah, wie Sürel, der dabeistand, nickte. Wahrscheinlich sprach er nachdrücklich auf Viktor ein: »Das brauchst du wirklich!«
Die Brüder warteten mit Franco und fünf andern aus der Klasse etwas abseits. Hatten sich am Schulhofausgang auf ein Gittertor gesetzt. Baumelten dort mit den Beinen. Steckten manchmal ihre Köpfe dicht zusammen, tuschelten. Und bevor es klingelte, liefen sie, vorbei an Viktor, rasch zurück ins Schulgebäude.
»Diesmal«, sagte Ayfer leise, »fangen sie dich vor der Klasse ab.«
Doch sie irrte sich. Die Brüder saßen schon im Klassenzimmer. Vorn an der Wandtafel malte Maren Schubert Striche. Wieder ein Schaubild, dachte ich. Die Stühle schurrten noch übers Linoleum. Aber als sich alle Schüler gesetzt hatten, sagte Maren Schubert: »Morgen ist die Klassensprecherwahl.«
Und nach einer kurzen Pause fügte sie hinzu: »Heute küren wir die Kandidaten, und bis morgen habt ihr Zeit, um drüber nachzudenken. Soll ja niemand unbedacht entscheiden …«
Sie ließ die Worte nachklingen. »In die Felder der Tabelle schreibe ich die Kandidaten. Unter jeden Kandidaten kommen die abgegebenen Stimmen. Falls ihr nur zwei Namen vorschlagt, wählen wir im Hammelsprung: Jeder Schüler geht auf eine Seite unseres Klassenzimmers. Sitzen bleiben heißt: Enthaltung. Wie lauten eure Vorschläge?«
Noch war nichts zu hören. Bis auf Maren Schuberts

Fröhlichkeit, die im Klassenzimmer hallte, so, als ob ein Pingpongball durch den Raum springt, lustig von den Wänden prallt, immer auf und nieder.
Schließlich, während ich mich fragte, wieso eine Lehrerin unablässig fröhlich sein muß, erhob sich Sürel leicht vom Stuhl und knurrte: »Ich schlag Viktor als Klassensprecher vor.«
Dabei schielte er zu Franco, der seit ein paar Tagen nicht mehr neben ihm saß, weil beide sich im Unterricht aus der Bank gestoßen hatten: Franco noch mit frischer Glatze, Sürel ganz der Held aus einem Western.
Maren Schubert fragte: »Willst du?«
Viktor nickte undeutlich, weil er noch zu überrascht war.
Einige bestärkten ihn, sich als Kandidat zu stellen. Ich begriff, daß in der Klasse nur der zählt, der auch zurückhaut.
Karl-Heinz brummte: »Ich bin dann für Franco.«
Maren Schubert fragte: »Willst du?«
Auch Franco nickte undeutlich, weil er ebenso verblüfft war.
Auch ihn bestärkten einige, sich als Kandidat zu stellen. Ich begriff, daß diese Wahl die Entscheidung bringen sollte: entweder die Brüder oder Viktor. Franco war nur, was mein Vater als Pappkamerad bezeichnete. Steht da wie eine Ampel, die leuchtet, wenn man drückt.
»Und?« fragte Maren Schubert. »Jemand drittes? Vielleicht ein Mädchen?«
Die Klasse schwieg. Frau Schubert trug die Namen der beiden Kandidaten, Viktor und Franco, in die Tabelle ein. Sie tat es so, als sei die Handlung heilig.

Später gingen wir, Kai, Lisa, Viktor, Ayfer, Sürel und ich, gemeinsam durch den Park nach Hause. Die Bäume schwankten. Kühler Wind. Die Wolken rannten hastig am gelben Gasballon vorbei: Die Sonne wirkte wie ein Loch, das ab- und wieder zugedeckt wird. Die Luft war lau. Spinnweben bedeckten den Holunder.

Es hatte in der Klasse noch eine Schwierigkeit gegeben. Denn Maren Schuberts Vorstellung besagte: Klassensprecher müssen Stellvertreter haben. Und während Viktor, ohne nachzudenken, sofort Ayfer vorgeschlagen hatte, fiel Franco, als ihn Maren Schubert fragte, niemand ein.

Immerhin war er aber klug genug, zu wissen, daß er weder Eberhard noch Karl-Heinz vorschlagen durfte. Weil sonst – nach dem Zwischenfall mit Viktor – nur ausgesprochen wenige noch für ihn stimmen würden. Trotz der Angst, die sie inzwischen auch vor Franco hatten.

Auf der anderen Seite traute er sich nicht, die Brüder durch irgendeinen andern Namen vor den Kopf zu stoßen.

Erst als Eberhard ihn anstieß und auf Tina deutete, schluckte Franco und murmelte: »Meine Stellvertreterin ist Tina, wenn sie will.«

Tina hatte sich umgeschaut. Zuerst war sie erstaunt gewesen. Und danach nickte sie ein wenig spöttisch.

Wir liefen im Park über die große Wiese und fühlten durch die weichen Sohlen, wie der feuchte Boden nachgab. Ayfer und ich trotteten nebeneinanderher. Und weil sich manchmal unsere Hände beim Gehen und Schlen-

kern berührten, schienen mir Wolken, Luft und Himmel plötzlich besonders nah zu sein.
Ich konnte, ohne mich zu recken, bis an die Baumwipfel der Pappeln, die letzten gelben Blätter reichen, und spürte, wie das Gras unter den elastischen Turnschuhsohlen zappelte.
Sürel lief ein wenig abseits. Vor uns liefen Kai und Lisa. Zwischen ihnen schlurfte Viktor. Er hob, wenn er ging, niemals die Füße.
Lisa fragte ihn, warum er sich nie gewehrt habe. Warum er nicht mal, wenn ihn jemand in der Klasse hänselte, irgendwas gesagt habe, um zu zeigen, daß er nicht bloß alles schlucken würde.
Kai murmelte: »Und warum hast du's ihnen ausgerechnet jetzt gegeben? Vor der Klassensprecherwahl? War das Absicht oder Zufall?«
»Zufall«, sagte Viktor, »reiner Zufall.«
Und ich dachte, während Ayfer wieder meinen Ellenbogen streifte: Wer das mit dem Zufall glaubt, ist ein echter Trottel.
Dennoch wirkte Kai erleichtert, obgleich seine grauen Augen hinter den Brillengläsern blinzelten, als würde er – oder doch ein Teil von ihm – an der Antwort zweifeln.
Lisa fragte: »Und warum, auch wenn's Zufall war, hast du Karl-Heinz gerade jetzt so 'n fettes Ding versetzt? Der wirkte, als er da vorn an der Tafel stand, regelrecht geplättet. Würde mich auch gar nicht wundern«, fügte sie hinzu, »wenn er jetzt hier irgendwo wieder auf uns wartet.«
Aber das war nicht der Fall. Wir durchquerten, ohne daß Karl-Heinz und Eberhard hinter einem Busch auf-

tauchten, den Stadtpark, kamen am Ententeich vorbei und an der Stelle, wo die Brüder uns nach den großen Ferien aufgelauert hatten.
Als wir das Rathaus erreichten und nachdem sich Kai und Lisa noch einmal erkundigt hatten: »Zufall oder nicht?«, lachte Viktor. Doch das Lachen klang in meinen Ohren überheblich.
Er blieb stehen, begann zu reden, so wie damals auf dem Spielplatz, als er Tina zu erklären suchte, was es mit der Liebe auf sich hat.
Aber weil nur Franco damals mit mir im Gebüsch gelegen hatte, und weil Kai vorzeitig gegangen war, konnte keiner wissen, wieviel Viktor schwafelte, wenn er erst in Fahrt kam.
Diesmal sprach er von Gewalt. Wiederum ein Wort, das man vorn groß schreibt, und bei Viktor war es außerdem noch doppelt oder dreifach unterstrichen.
Während alle eifrig lauschten – bis auf Sürel, der schon ging –, fühlte ich mich durch das Reden Viktors eher abgestoßen. Ich wunderte mich auch, daß die andern nicht schon am Tonfall spürten, wie verkehrt das war, was er zu erzählen angefangen hatte.
Aber sie hörten ihm aufmerksam zu. Und während ich darüber nachdachte, daß wir schon ziemlich lange nicht mehr mit beinah allen Freunden durch den Park gegangen waren, sprach Viktor davon, daß er Gewalt verabscheue – weil sie plebejisch, viel schlimmer: der Tierwelt zuzurechnen sei.
Keiner von uns wußte wirklich, was plebejisch hieß. Wir wollten auch nicht fragen, denn das hätte ausgesehen, als ob wir so blöde wie die Brüder wären. Aber jeder von

uns ahnte, auch wenn sich die andern noch dagegen wehrten, daß Viktor ein Quatschkopf war, einer, der zu lange zwischen Porzellangeparden Mischmaschsaft getrunken hatte. Gewalt war nun mal einfach da. Jeder von uns wußte das. Schon immer.

Aber weil die andern Viktor gerade zum Klassensprecherkandidaten auserkoren hatten, sagten sie zu dem Blödsinn lieber nichts. Vielleicht versuchten sie sogar zu glauben, er habe recht, nicht sie.

Man konnte Kai und Lisa, vielleicht auch Ayfer ansehen, wie sehr sie sich wünschten, daß alles wieder so sein würde wie früher: ereignislos und völlig ruhig ... wie heute der Nachhauseweg quer durch den großen Stadtpark.

Kai blinzelte noch einmal hinter den Brillengläsern vor, fummelte an dem mit einem Leukoplaststreifen notdürftig festgeklebten Bügel, wandte sich an mich und sagte: »Na ja ... ich weiß ja nicht – aber was denkst du?«

Ich zuckte nur die Schultern und gab ihm wie so häufig keine Antwort.

Kai wußte, daß ich selten redete, wenn andere dabei waren. Vielleicht hatte er mich auch nur deshalb überhaupt gefragt. Außerdem hätte ich diesmal sowieso nicht geantwortet. Denn Ayfer berührte gerade wieder meine Hand. Also mußte ich mich auf die Finger konzentrieren.

Das war schon anstrengend genug. Fürs Reden blieb da keine Kraft. Auch wenn Ayfer gerade meinte: »Das Rathaus steht so ruhig auf dem Platz.«

Ein sonderbarer Satz, ein Wunsch. Ich spürte ihre Fingerspitzen und kriegte eine Gänsehaut.

Ich dachte dennoch, während mich der Schauder am Nacken packte und ich die Augen schloß, an eine der Redewendungen, die meine Mutter oft benutzt. Es ging darin um Ruhe, um Ruhe vor dem Sturm.

22

Am nächsten Morgen passierte alles überraschend schnell. Ayfer und ich hatten uns getroffen, um Viktor von der Bushaltestelle am Rathausplatz abzuholen. Heute sollte gewählt werden. In der ersten Stunde, noch vor dem Unterricht.
Wir waren spät dran, hatten es eilig. Als Viktor ausstieg, zeigte die Turmuhr knapp zehn Minuten vor acht.
Am Eingang des Parks trafen wir Sürel. Zu viert rannten wir über die aufgeweichte Wiese. Als wir den Teich mit den Enten erreichten, sahen wir die Brüder.
Sie standen gemeinsam mit Franco, der neben ihnen schmal wirkte, wenige Meter vom Ufer entfernt mitten auf dem nicht sehr breiten Weg.
Ich dachte, wie schnell das geht mit den Seiten: Ein neuer Haarschnitt – und andere Freunde. Er redet davon, daß er Spanier ist – und rasiert sich seinen Schädel glatter als die Brüder. Karl-Heinz trat einen Schritt vor und winkte einladend. Dabei zeigte er, indem er die Schulter vorreckte, auf das kloakige Wasser des Teichs.
Wir blieben stehen und zögerten. Ayfer und Sürel sahen

sich an. Viktor wirkte, als sei er mit dem Kiesweg verwachsen.
Doch dann – und das war eigenartig – ging ein Ruck durch seinen Körper. Und er bewegte sich langsam auf die Brüder zu.
Als der Abstand nur noch ungefähr fünfzehn Meter betrug, folgten ihm Ayfer und Sürel erschrocken. Noch stand ihnen das Staunen im Gesicht.
Sürel rannte los, um Viktor einzuholen. Diesmal stolperte er weder, noch fiel er nach vorn und über seine eigenen Beine.
Als Viktor die Brüder und Franco erreichte, stieß Karl-Heinz einen kurzen Pfiff aus. Und während es mir, trotz meines Zitterns und obwohl meine Zähne wieder aufeinanderschlugen, mühsam gelang, den ersten Schritt nach vorn zu machen, bog ein untersetzter, nicht sehr großer weißer Hund hinter den Büschen um die Ecke und blieb, als sei er festgefroren, neben den Brüdern stehen.
Ich hatte von dem Hund gehört. Karl-Heinz hatte ihn angeschafft. Tina hatte es erwähnt: »Soll wohl ein Kampfhund werden.«
Sürel erreichte Viktor. Eberhard sagte, und man hörte den bösen Spott in seiner Stimme: »Wir werden jetzt hier warten. Ich, ihr vier und der Hund... Während Franco in die Schule geht zum Wählen. Wenn keiner von euch kommt, wird er Klassensprecher. Klingt doch logisch, oder?«
Er sah mich an, während er sprach. Und ich erkannte in Eberhards Augen die feinen Spuren der Demütigung, die Viktor seinem Bruder gestern zugefügt hatte. Es war so

ähnlich wie der Stolz, in dem sich Eberhard gekränkt sah, wenn ein Lehrer seine Antwort nicht für richtig hielt.
Schlagartig stand der kurze Augenblick wieder vor mir, als er mich vor der Gartenlaube überrascht hatte beim Spannen und als er mir zugenickt und gelächelt hatte. Aber das war lange her. Galt nicht mehr, und deshalb lief ich wie ein Spielzeugroboter auf die Brüder zu.
Ich hörte zwar noch, daß der Hund vor mir erwartungsvoll knurrte. Doch half mir das nichts. Denn ich mußte, einmal in Bewegung, einfach weiterlaufen.
Franco brüllte: »Bleib doch stehen!« Karl-Heinz sagte: »Laß ihn doch.« Eberhard riß noch am Halsband. Doch der Hund, ein weißer Pittbull, der so aussah wie ein Schwein, machte einen Satz nach vorn.
Eberhard geriet kurz aus dem Gleichgewicht, stolperte und hielt nur noch das Halsband mit der Leine in den Händen.
Aber ehe sich der Kampfhund in meiner Hose – in Wade, Fuß, Hand oder Oberschenkel – verbeißen konnte, trat ihm Sürel, ein Vorteil von Karate, von unten in den Bauch.
Und weil sich Sürel wie die Brüder Stiefel mit Stahlkappen besorgt hatte, jaulte der Hund und flog, getragen von der Wucht des Tritts, ins trübe Teichwasser und ging dort unter wie ein Stein.
Wir standen alle schweigend und ziemlich verblüfft am Ufer, betrachteten die Blasen, die zur Oberfläche stiegen. Erst nach einer Minute tauchte der Pittbull wieder auf.
Doch ehe er ans Ufer kriechen konnte und sich mit ein-

gezogenem Stummelschwanz im trockenen Schilf versteckte, als sei er dort in Sicherheit vor Sürels Springerstiefeln, brüllte Karl-Heinz. Ein Laut wie aus dem Dschungel. Er wollte sich auf Sürel stürzen, während ich wieder wie eine Puppe, die man zu heftig aufgezogen hatte, den Weg entlanglief Richtung Schule, so lange, bis mir Franco einen Stoß gab.
Ich kippte langsam auf den Kiesweg, schlug mir die Knie auf und war dennoch froh.
Karl-Heinz sprang vor. Sürel wich aus. Der Pittbull jaulte. Karl-Heinz geriet durch seinen Schwung an Viktor, der ihn erschrocken ansah und ungelenk schubste.
Eberhard, der nach wie vor den Ententeich betrachtet hatte, wandte sich wie ein Schlafwandler vom Ufer ab und musterte Ayfer, die ihr Messer vor ihm aufspringen ließ.
Karl-Heinz war durch Viktors Schubs gegen einen Stamm getaumelt, stieß sich von der Borke ab, lächelte und schlug dann Viktor ins Gesicht.
Eberhard wischte das Messer, mit dem Ayfer vor ihm durch die Luft gefuchtelt hatte – ein schneller Schlag – beiseite, hob sie hoch und wollte sie ins trübe Wasser werfen, dorthin, wo die Blasen aufgestiegen waren.
Aber während Sürel Franco mehrfach in den Magen boxte, gelang es ihr, sich noch mal loszureißen. Ich erhob mich, und der Hund jammerte noch immer.
Als Franco trotz der Schläge, vielleicht weil die Turmuhr acht schlug, plötzlich Richtung Schule rannte, zog Viktor, dessen Narbe durch Karl-Heinz' Faustschlag aufgeplatzt war, eine unscheinbare Dose, ähnlich einer Farbsprühdose, aus der Jackentasche.

Er fuhr sich mit den Fingern vorsichtig durchs Gesicht, als könne er nicht glauben, was mit ihm geschehen sei, sagte dann hilflos: »Das hast du davon!« und drückte auf die Düse.
Karl-Heinz lief, weil er erneut nach Viktor schlagen wollte, ins Tränengas, schrie auf, brach zusammen, hielt sich die Hände vors Gesicht und wälzte sich am Boden.
Viktor murmelte: »Das ist CS-Gas... wirkt sehr schnell.« Eberhard sah seinen Bruder, ließ von Ayfer ab und ging auf Viktor, der versonnen schaute, zu.
Ich sagte: »Nein!« Der weiße Pittbull lief hinter Franco her zur Schule. Er hinkte.
Ich rief noch mal: »Laßt uns in Ruhe!« Das Gas roch fast wie frischer Knoblauch. An einem Kirchturm schlugen Glocken. Viktor betrachtete die Dose, als wäre sie ein großes Wunder. Ayfer rappelte sich auf.
Und während ich es wieder schaffte, auf Eberhard, der Viktor schon beinahe erreicht hatte, langsam, aber stetig zuzugehen, nahm Sürel Anlauf und sprang ab.
Er trat zu, traf Eberhard an der Schulter und stieß ihn so heftig Richtung Ententeich, daß Eberhard die Böschung hinabtaumelte, umkippte und im flachen Wasser verwundert sitzen blieb. Als glaubte er noch immer an einen bösen Traum, der bald vorbeiginge, als müßte er nur seine Augen öffnen.

23

Wir waren bis zur Schule gerannt. Der Hund saß vor der Eingangstür und gab uns, als wir ankamen, mit Demutsblick die Treppenstufen frei.
Im Klassenzimmer suchte Maren Schubert gerade nach einem Schwamm, um das, was an der Tafel stand, schnell abzuwischen.
IHR SOLLTET, stand dort, *FRANCO WÄHLEN! IHR WISST, WESHALB!* Alles dreimal unterstrichen.
Weil kein Schwamm da war, rieb sie mit einem Tempotuch über das Geschriebene. Und sagte, während sie die Kreide ungeschickt verschmierte: »Nehmt es einfach nur als Wahlspot.« Dabei sollte ihre Stimme fröhlich klingen. Aber das mißlang diesmal sogar ihr. Wahrscheinlich, dachte ich und setzte mich hastig neben Ayfer in die Bank, wahrscheinlich, weil Wahlen für Maren Schubert heilig sind.
Ich schaute mich schnell um und sah, daß Franco schon auf seinem Platz saß. Sürel und Viktor kamen gerade erst durch die Tür. Denn Viktor hatte sich das Blut noch rasch aus dem Gesicht gewaschen. Als das Tempo-Tuch voll buntem Staub war und man sah, daß unter der Kreideschicht noch mal derselbe Satz stand, diesmal mit Öl geschrieben, sagte Maren Schubert: »Mist!«
Einen derartigen Ausdruck benutzte sie sonst nie. Ich staunte. Sie hängte eine Asienkarte vor die Tafel, knurrte: »Gut, daß jetzt endlich alle da sind. Hammelsprung! Ich habe euch das schon erklärt.«

Und während wir uns wunderten, weil Maren Schubert unerwartet grimmig in die Klasse guckte, fauchte sie: »Franco nach rechts, Viktor auf die andere Seite! Jeder geht zu seinem Kandidaten!«
Erst geschah nichts. Nur Franco stand, wie Viktor heftig atmend, auf und trabte in seine Ecke.
Obwohl es erst so aussah, als müsse Viktor noch was sagen, erhob er sich kurz nach Franco, ging nach vorn, und beide warteten nun stumm und mit gesenktem Kopf vor dem Rest der Klasse.
Die Schüler, die zu Franco gingen, entschieden sich sehr schnell. Es waren sechs. Mit Tina sieben. Die Brüder schienen nicht zu kommen.
Auch Ayfer, Sürel, Kai und Lisa standen rasch auf und stellten sich zu Viktor.
Tina hatte zunächst gezögert. Aber wahrscheinlich hatte sie sich überlegt, daß es als Stellvertreterin doch eigenartig sei, sich zu enthalten oder für den Gegner zu stimmen.
Alle andern blieben erst mal sitzen.
Sie zögerten, und ihre Augen erzählten von der Ungewißheit, von ihrer Angst vor Franco und den Brüdern, der Furcht um ihre neuen Jacken, die ihnen manchmal abgenommen wurden, dem Wissen darum, daß die Brüder von einigen in den unteren Klassen schon Geld erpreßt hatten.
Ich vergaß aufzustehen, weil ich wie betäubt bin, wenn alles um mich herum anfängt sich zu überstürzen.
Außerdem mußte ich an Eberhards Blicke denken, als er von seinem Vater gesprochen hatte, und auch, als sein Bruder von Viktor blamiert worden war.

Ayfer zischte. Ich erschrak. Sah mich in der Klasse um. Und erhob mich langsam.

Während ich nach vorn zu Viktors Ecke trottete, hörte ich hinter mir das Scharren zurückgeschobener Stühle und das Geräusch, als ob ein Schlüsselbund in einer Hosentasche an eine Tischkante stößst.

Ich mußte mich nicht umsehen, um zu wissen: Die andern aus der Klasse folgten mir.

Viktor gewann mit großem Vorsprung. Die Klasse klatschte, bis auf sieben. Denn sogar Tina, das war seltsam, klatschte, als Maren Schubert das Endergebnis anschrieb, leise mit.

Vielleicht war es nur Einbildung, daß viele sich vor Franco und den Brüdern fürchteten, kann sein. Vielleicht war der Jubel nur Jubel um des Jubels willen. Weil alle feiern, freut man sich. Es feierten für einige Minuten tatsächlich alle, bis auf jene sieben.

Und während alle lachten und manche riefen: »Klasse, Viktor!« und während Ayfer ihn umarmte und ich das übertrieben fand, und während Kai und Lisa im großen Durcheinander die Chance nutzten, zu knutschen, und während Sürel abseits stand, wie immer ohne Regung im etwas hölzernen Gesicht, fragte Maren Schubert Viktor, ob er die Wahl auch annähme.

Und Viktor sagte: »Nein.« Doch weil Maren Schubert nicht damit gerechnet hatte, gratulierte sie ihm trotzdem. Und erst als sie seine Hand zu lange geschüttelt hatte, denn das Nein war nur langsam bis in ihren Kopf gedrungen, wurde es im Klassenzimmer still.

Wir schauten uns verwundert an und setzten uns erschrocken auf die Tische.

Dann fragte Maren Schubert Viktor, weshalb er nicht Klassensprecher der 9b werden wolle, obwohl er sich doch gestern erst zum Wählen habe aufstellen lassen.
Er sagte: »Hm.« Erhob sich dann. Zuckte die Schultern. Lächelte. Und sagte: »Das war gestern.«
Ich dachte: Er ist tatsächlich ein überhebliches Arschloch. Die Klasse schwieg. Man wartete. (Ich wußte, daß sich Viktor erst würde bitten lassen wollen. Ich wußte auch, daß keiner ihn verstand.)
Bis auf Ayfer. Ayfer schnaufte. Holte Luft und fuhr ihn an: »So einfach, du Klugscheißer, kannst du's dir nicht machen!«
Und während sie vor Wut fast platzte, und während Maren Schubert sagte: »Begründen solltest du es schon«, und während Kai zu Lisa meinte: »Kneif mich mal, ich glaub, ich träume!«, und während Sürel knurrte: »Entweder Blödkopp oder Feigling – eben ein Kartoffelfresser!«, grummelte Viktor: »Wart es ab...!«
Dann kletterte er tatsächlich auf einen Stuhl und sagte, wobei er sich vorsichtig auf die Lehne setzte, um nicht nach hinten umzufallen: »Es gab zuviel Gewalt vor dieser Wahl.«
In diesem Augenblick fiel mir das Wort ein, das den Ausdruck seines Mundes ganz genau bezeichnete: blasiert. Das hatte meine Mutter einmal über einen Cocktailgast gesagt.
Ayfer knurrte: »Vollidiot.«
Viktor war es gleichgültig. Er erklärte unbewegt auf seiner Lehne, warum man kein Tränengas in Gesichter sprühen soll, warum man sich nicht schlägt und wieso eine Wahl wie diese einer Wahl nicht würdig ist.

Ich dachte, daß es einen Spruch gibt, der wirklich gut zu Viktor paßte: der, der zu den Vögeln redet, weil andere ihm nicht zuhören. Viktor wirkte so, als wolle er der Klasse etwas demonstrieren, indem er von der Wahl sofort zurücktrat.
Als sei Viktor ein Lehrer, der Kindern etwas zeigen muß. Deshalb lachte Ayfer. Danach lachte ich.

24

Für mich hatte sich nach der Klassensprecherwahl einiges geändert. Obwohl ich erst nicht wußte, ob das, was nun mit mir geschah, gut war oder schlecht, hatte ich den Vorschlag, mich als Ayfers Stellvertreter aufstellen zu lassen, angenommen.
Sie, die eigentliche Stellvertreterin, war, weil Viktor nach der Wahl gekniffen hatte, jetzt die Klassensprecherin. Ich, den niemand ernstgenommen hatte, war plötzlich ihr Stellvertreter, zweiter Klassensprecher der 9b.
Zunächst dachte ich, daß ich das unmöglich würde schaffen können, weil ich so wenig redete, ein echter Klassensprecher aber unablässig reden muß. Viel schlimmer noch: Er muß auch handeln, muß, wenn etwas schwierig wird, besonders geistesgegenwärtig sein. Gerade darin lag nicht meine Stärke: Wenn etwas komplizierter wurde, war ich nicht nur langsam, sondern wie gelähmt. Deshalb hätte ich das Amt so wie Viktor ablehnen sollen. Ich hätte sagen müssen: Nein, so

was kann ich nicht. Aber es gab drei Gründe, die für das Amt gesprochen hatten: Ayfer, die mich darum bat, Viktor, der ihr dadurch nicht mehr nah sein konnte, und der Umstand, daß ich etwas hätte sagen müssen, wenn ich, ebenso wie Viktor, gleich zurückgetreten wäre. Reden, wie gesagt, das fiel mir schwer.

Es gab noch einen vierten Grund. Und dieser Grund ist schwierig zu erklären.

Ich dachte, als mich Ayfer unvermutet vorgeschlagen hatte und ich plötzlich vor der Klasse und vor der Entscheidung stand, ja zu sagen oder nein: Nur, wenn ich jetzt nicke, bekomme ich die Möglichkeit, mich zu ändern. Und obwohl ich nicht mal ahnte, wie ich's schaffen würde, wußte ich: Ein Nein verhindert alles, jede Chance, für lange Zeit. Also nickte ich, auch wenn die Klasse nicht besonders heftig klatschte. Und als Franco sogar pfiff, nickte ich noch einmal.

Trotzdem schlich ich auf dem Heimweg zaghaft und zunehmend langsamer an den letzten Häuserblöcken vorbei. Denn ich glaubte, wenn ich meiner Mutter von dem neuen Amt erzählen würde, wäre die Entscheidung endgültig gefallen. Als ich deshalb vor unserer Haustür stehenblieb, so lange, bis mein Bruder mit Blumenerde nach mir warf, fiel mir ein, was ich machen könnte, um besser zurechtzukommen, um den Überblick zu haben über alles, was geschah. Ich würde ein Notizheft führen und darin aufschreiben, wie sich die einzelnen verhielten: die Brüder, Ayfer, Viktor, Sürel und Franco, vielleicht Tina, der Rest der Klasse, Kai und Lisa und sogar Maren Schubert, eben alle.

Deshalb drehte ich mich um, lief, ohne darauf achtzu-

geben, daß mein Bruder nach mir rief, über die Straße zum Zeitungsgeschäft und kaufte mir ein Schreibheft ohne Linien.
Linien, das ist eigenartig, hindern mich, ordentlich zu schreiben. Außerdem zerstören sie die reine, weiße Fläche.
Während ich das Geld umständlich auf den Tresen zählte, hatte ich das Gefühl, als würde nun, da ich das neue Heft in Händen hielt, alles in unserer Klasse auf eine Entscheidung zulaufen – ohne daß ich genau verstand, worin diese Entscheidung bestehen könnte. Noch bevor ich den Laden verließ, schrieb ich deshalb auf mein Heft, das sich neu und glatt anfaßte: *Wichtige Notizen*.
Ich riegelte zu Hause die Tür meines Zimmers ab, damit mein Bruder draußen blieb, setzte mich an meinen Schreibtisch, klappte das Heft auf und begann, während ich am Kugelschreiber kaute und dabei mein Kinn aufstützte, nachzudenken, was mir an Karl-Heinz und Eberhard und vor allem an Franco nicht gefiel.
Meine Mutter rief nach meinem Bruder und mir, denn es gab Essen. Aber weil mir gerade der wichtigste Grund von allen eingefallen war, achtete ich nicht darauf, sondern fing an zu schreiben: *Viktor kennt zwar nicht die Regeln, die man einfach kennen muß, aber die Brüder und Franco sind schlimmer. Weil sie, gerade wenn jemand schon vor ihnen wimmert, noch einmal zuschlagen würden. Und zwar, um ihm zu zeigen, daß sie ihn, weil er winselt, verachten. Sie haben damit recht, das ist schon richtig. Aber wer, weil er recht hat, sich sein Recht auch unbedingt nehmen möchte, hat dadurch nicht mehr recht.*

Das klang zwar kompliziert, aber so war es. Und während meine Mutter gegen die Zimmertür klopfte, stand ich zufrieden auf und las, ehe ich zum Essen ging, noch einmal die Aufschrift auf dem neuen Heft: Wichtige Notizen. Ich war, als ich die Zimmertür entriegelte, viel ruhiger als vorher in der Schule.

Das erste, was mir in den Tagen danach besonders auffiel, war das Klima in der Klasse. Ich hatte den Eindruck, daß die Schüler sich umkreisten. So, als würden Tiere lauern. Manchmal dachte ich, es käme bald zu einer Explosion. Auch die andern schienen die Anspannung zu spüren. Die einzige, die davon keinerlei Notiz nahm, war Frau Schubert.

Manchmal fragte ich mich, ob sie so dumm war, ob vielleicht Lehrer langsam mit der Zeit immer etwas dümmer werden, oder ob sie nur so tat, weil ihr alles viel zu kompliziert war. Auf jeden Fall nahm sie nicht wahr, was wirklich um sie herum geschah, möglicherweise auch, weil erst gar nichts Sichtbares passierte.

Die Brüder waren die ersten Tage nach der Klassensprecherwahl nicht in der Schule. Vielleicht, weil sie beleidigt waren. Aber weil sie häufig fehlten, fiel es nicht besonders auf.

Franco kam dennoch, trug seine Glatze, als würde er sie jeden Tag morgens vorm Spiegel noch polieren. Auch was Hosen, Jacken, Stiefel anging, ahmte er die Brüder nicht nur nach, er übertraf sie.

Zuerst verstand ich nicht, weshalb er zum Unterricht erschien. Ich dachte, daß vielleicht sein Vater ihm die Entschuldigung verweigert hatte. Doch dann begriff ich,

daß er sich, weil Eberhard nicht da war, traute, Tina anzusprechen. Manchmal faßte er sie sogar an.
Nicht daß er sie betatschte, aber er hielt sie hin und wieder am Arm fest, kam mit seinem Mund Tinas Lippen viel zu nah, sobald er mit ihr sprach, schlug ihr häufig auf die Schultern oder klopfte ihr, ein Klaps, auf den Hintern.
Sie versuchte gleichgültig darüber hinwegzusehen, aber als er sie von hinten kurzerhand umfaßte, konnte sie nicht länger so tun, als sei er nichts als leere Luft für sie, bloß ein blöder Typ, der ihr vom Gerüst aus hinterherpfeift.
Vielleicht dachte er, sie sei nach der Wahl noch immer dankbar oder habe sich gefreut, weil er sie zur Stellvertreterin hatte machen wollen. Jemand mit mehr Feingefühl als Franco hätte sicherlich gespürt, daß das purer Unsinn war, einfach Quatsch. Doch Franco merkte nichts mehr, weil er außer Franco – und vielleicht den Brüdern – niemanden mehr ernst nahm.
Tina versuchte, seine Arme von sich abzuschütteln. Doch er hielt sie fest und ließ sie zappeln. Bis sie ihm in die Finger biß und danach eine scheuerte, während Franco lachte: »He, du magst das doch!«
Als er wieder vor ihr stand, bei ihr Zigaretten schlauchte und dabei zu dicht an sie herantrat, zischte Tina: »Hier! Aber danach haust du ab ...! Oder ich steck Eberhard, was du für ein Arsch bist!«
Franco wurde bleich und schlich – ohne Zigarette – mit gesenktem Kopf davon. Und es klang nicht überzeugend, als er böse wisperte: »Wird für dich gesünder sein, wenn du dein Maul hältst.«

Solche kleinen Zwischenfälle schienen mir im nachhinein wie eine Vorahnung zu sein von dem, was später dann geschah und was man damals noch nicht wußte. Kai stürzte mit dem Rad an einem Bordstein, so daß die geklebte Brille endgültig zerbrach und man sie nicht mal mehr mit Klebestreifen notdürftig zusammenflicken konnte: Es ist sinnlos, Leukoplast auf ein Brillenglas zu kleben, und sogar durch Tesafilm sieht man nur sehr wenig.

Außerdem brach sich Kai bei seinem Sturz den Arm. Und am nächsten Tag erschien er, den Arm bis zum Ellenbogen in Gips. Alle durften ihren Namen auf die weiße Fläche schreiben. Bis auf Lisa. Denn mit Lisa hatte er sich, ehe er mit dem Rad vom Bordstein kippte, eine Stunde lang gestritten. Sie hatte darauf beharrt, daß Viktor bloß ein bißchen seltsam sei. Kai hatte gesagt: »Er ist ein Feigling.«

Das war auch die Meinung der meisten andern in der Klasse. Der einzige, der – bis auf Ayfer – unerwartet etwas anderes vertrat, war nach Viktors unverhofftem Rücktritt Sürel. Was er sagte, klang für uns alle rätselhaft: »Viktor folgt der Lehre von dem Zen.«

Ich dachte zuerst, Zen wäre nur ein Wort auf türkisch. Dann fiel mir ein, daß der Meister, der im Dojo Kung-Fu lehrte, einen Bademantel trug, auf dem stand *ZEN* geschrieben.

Typisch für Sürel, dachte ich. Alles, was sein Meister labert, ist für ihn gleich Weisheit, wahrscheinlich sogar großartig und wahr. Doch obwohl ich nicht genau wußte, was mit Zen gemeint war, war ich mir sicher, daß Viktor keiner Lehre folgte.

Denn weil die Brüder in der Schule fehlten und weil zunächst noch nichts geschah, das groß und ungewöhnlich war, konnte ich Viktor, ohne daß mich etwas ablenkte, genau beobachten – und mir im Heft dazu Notizen machen.
Viktor hatte, als er von Gewalt erzählte und die Wahl zum Klassensprecher trotz des Jubels einfach ausschlug, nicht begriffen, daß man einen Gegner – dem man schon die Stirn geboten, dem man sogar Tränengas ins Gesicht gesprüht hat – auch noch niederschlagen muß. Schließlich ist es besser, zu wissen, daß der Gegner nicht mehr aufsteht, wenn er einmal unten liegt. Dann hat man ein für allemal gezeigt, daß man es ernst meint. Sonst, das denken alle, zeigt man seine Angst.
Aber Viktor kapierte das nicht. Er glaubte an eine Welt ohne Gewalt. Ein hübscher Traum – der sogar stimmt, sobald sämtliche Türen von Porzellangeparden bewacht sind, dachte ich. Aber bei uns gab's so was nicht. Bei uns gab's nur die Brüder und den Rest der Klasse, Franco, Ayfer, Sürel, Tina, Lisa, Kai und mich.
Für Viktor war es schlimmer geworden als in der Zeit vor der Wahl. Vorher hatte er die Hoffnung, daß ihn niemand aus der Klasse überhaupt verstand. Jetzt mußte er erkennen, daß, auch wenn er allen zeigte, was er für richtig hielt, keiner von den andern seiner Meinung waroder ihn auch nur verstehen wollte.
Im Gegenteil, die allermeisten hielten ihn für einen Schwätzer, einen feigen Wichtigtuer, der nicht nur Angst hatte, sondern auch noch dummes Zeug erzählte, um von seiner Angst abzulenken. Trotzdem lief er weiter seine Runden. Manchmal lief Tina neben ihm, sie bot

ihm, weil sie Mitleid hatte, Kaugummi an oder Lakritz. Viktor schüttelte den Kopf und lehnte alles ab, was sie ihm geben wollte. Sie gab es auf. Er lief allein. Es sah so aus, als ginge nur noch eine Hülle, Viktors Haut, über den Hof. Als kreise nur ein Ständer um den Schulhof, auf dem noch etwas Kleidung hing – Hose, eine Regenjacke, Schuhe und ein Hemd mit steifem Kragen.
Und noch bevor die Brüder zum Unterricht zurückkamen, tat Viktor etwas, das mich nicht besonders überraschte. Obwohl ich glaube, daß sonst niemand mit so etwas rechnete.

25

Die letzte große Pause. Ein grauer, kühler Nachmittag. Vereinzelt trieben braune Blätter über den Beton.
Es nieselte. Viktor lief, und das war für ihn typisch, mit einem roten Regenschirm die gewohnten Runden auf dem Schulhof. Niemand sonst war auf der weiten Fläche zu sehen – außer Ayfer. Sie hatte als Klassensprecherin noch irgend etwas außerhalb der Schule zu erledigen. Sie nahm die neue Aufgabe sehr ernst, und einige in unsrer Klasse begannen schon zu tuscheln und meinten, Ayfer würde so tun, als sei sie ganz besonders wichtig, ihr Amt noch weitaus wichtiger. Einige kicherten auch nur versteckt hinter ihrem Rücken, weil sie das eifrige Verhalten von Ayfer albern fanden, genauso wie die Art und Weise Viktors.

Ich mußte manchmal auch ein bißchen lachen. Aber weil ich Ayfer mochte, wurde mir im Bauch auch warm, wenn ich sah, wie ihr Gesicht röter wurde, richtig hitzig, weil sie gegenüber der Schulleitung etwas vorzubringen hatte, sich für etwas einsetzte: Kaffeeautomaten oder Kaffeeautomaten mit einer Taste für Kakao.

An diesem Nachmittag jedoch kam Ayfer mit gesenktem Kopf und quer durch dünnen Nieselregen über den Schulhof gelaufen. Und während wir uns unter den Balkonen zusammendrängten, um nicht naß zu werden, bewegten sich Viktor und Ayfer genau aufeinander zu.

Zuerst konnte man meinen, daß es ein Zufall sei. Doch dann erkannte jeder, der hinsah, daß Viktor nur auf Ayfer gewartet hatte, daß er mit seinem roten Regenschirm die Runden abgezirkelt hatte, um am Schluß genau mit Ayfer zusammenzutreffen. Und da man sehen konnte, daß er sich keine Mühe gab, die Absicht, Ayfer abzupassen, vor unsern Blicken zu verbergen, spürte man selbst auf die Entfernung, wie gleichgültig ihm mittlerweile alles war.

In den Tagen nach der Wahl hatte er zunehmend zu schlurfen begonnen, heftiger noch als vorher, seine Schultern fielen jeden Morgen mehr herab. Meine Mutter hätte gesagt: »Junge, laß dich nicht so hängen!« Aber weil bei Viktor nur die Frau aus Thailand war und die Porzellangeparden, gab es keinen, der ihm so was hätte sagen können.

Er hielt den Regenschirm ein bißchen höher und schlurfte mit gebeugtem Kreuz, dennoch eigenartig hastig, auf Ayfer zu, die ihn erst bemerkte, als er sie ansprach.

Später erzählte sie mir, was Viktor sie gefragt hatte. Doch wäre das nicht nötig gewesen, denn ich konnte auch so erkennen, was er von ihr wollte. Es gibt dafür auch einen Ausdruck, der paßt normalerweise nicht für Schüler. Für Viktor paßte er in diesem Augenblick genau: um die Hand anhalten. Es war die Art, mit der er sich Ayfer unsicher näherte. Plötzlich ergab sich so ein Bild: als ob ein Mann bei einer Frau um ihre Hand anhält.

Viktor stand vor ihr. Beide standen unter dem roten Regenschirm. Viktor ein wenig vorgebeugt, als würde er im nächsten Augenblick einfach in sich zusammensacken. Ayfer sehr gerade, überrascht und wortlos, weil sie vor Staunen nichts erwidern konnte. Doch dabei ganz im Trocknen, weil Viktor seinen Regenschirm ordentlich über Ayfer hielt, so daß das Wasser von dem Schirm in seinen Nacken tropfte, nicht in ihren.

Vielleicht, dachte ich später, hat er sich an die Fete erinnert, den Augenblick, als Ayfer zu ihm hingegangen war. Als sie ihn aufgefordert hatte, mit ihr zu tanzen, obwohl sie das Mädchen war und er der Junge. Vielleicht hatte Viktor deshalb erwartet, daß sie ja sagen würde, obgleich er nicht so aussah, ganz im Gegenteil. Er sah noch nicht einmal aus wie jemand, der den richtigen Zeitpunkt verpaßt hat oder eine Regel, die jeder kennen müßte, ignoriert. Er sah aus, als habe er schon lange vorher aufgegeben, als wolle er nur noch von ihr darin bestätigt werden, wie mickrig er inzwischen in ihren Augen war. Obwohl er das schon wußte und sich auch damit abgefunden hatte.

Wahrscheinlich ahnte Ayfer das sofort und verharrte

deshalb bewegungslos, schweigend und sehr aufrecht an der Stelle, wo Viktor sie aufgehalten hatte. Auch dann noch, als es schon zur Stunde läutete.
Alle drängten ins Gebäude. Ich folgte nur zögernd, wandte mich, obwohl ich wußte, wie die Antwort Ayfers ausfallen würde, auf dem Treppenabsatz um, hielt mich an der Schultür fest, ehe sie sich schloß.
Es läutete ein letztes Mal. Mir kam es vor, als riefe der grelle Ton nach Viktor, als müsse er nur darauf hören, um eine Last, die ihn bedrückte, von seinen Schultern abzuwerfen, als müsse er nur kommen, und alles wäre für ihn leichter als zuvor.
Das Schulgebäude schien zu warten. Doch Viktor kam natürlich nicht. Und Ayfer tat auch nichts, um ihm zu helfen.
Beide blieben auf dem Schulhof unter dem roten Regenschirm, umgeben von milchiggrauer Feuchtigkeit, wortlos voreinander stehen. Als seien sie verlorene Pilze, von denen nur noch einer einen Stiel besaß, an dem der feige Regen langsam herunterlief.
Und so, als falle es ihr schwer, weil etwas ihren Hals festhielt, bewegte Ayfer ihren Kopf. Sie schüttelte ihn einmal, dann ein zweites Mal.
Danach geschah etwas, das aussah, als ob ein Hund im Kampf sich einem andern Hund, der stärker ist, ergibt: Viktor stellte den Regenschirm, als könne der zerbrechen, bedächtig neben Ayfer auf dem von feiner Feuchtigkeit bedeckten Schulhof ab.
Als ich am späten Nachmittag, erschöpft vom Sport, nach Hause kam, trug ich den Vorfall ins Notizheft ein. Mein Bruder klopfte währenddessen von außen an die

Zimmertür. Er hämmerte daran herum. Doch trotz des Lärms fiel mir noch ein, daß Viktors Körper seit der nächtlichen Begegnung in der Gartenkolonie sehr dünn geworden war, fast mager.
Er ließ sich nicht nur beim Gehen nachlässig nach vorne hängen, er hatte in der Zeit bei uns tatsächlich abgenommen.
Und während ich mir überlegte, wie lange er es noch in unsrer Klasse aushalten würde, wenn die Brüder zurück zur Schule kämen, schrieb ich in das weiße Heft – weil ich das gerade erst in einem Buch gelesen hatte: *Der Verfall ist deutlich.*

26

Die Brüder kamen vierzehn Tage, bevor die Herbstferien begannen, wieder zum Unterricht. Sie hatten vier Tage gefehlt. Ich dachte daran, wieviel sich in vier Tagen verändern konnte.
Der Tag, an dem die Brüder den Schulhof kurz vor acht betraten, war sonnig. Der Oktober lag wie ein unsichtbarer Rauch über den teils schon kahlen Ästen. Man konnte, wenn man vorsichtig die Luft bis in die Lungen sog, den rauchigen Geruch des Herbstes schmecken.
Franco und drei seiner Kumpane hatten sich vorn beim Schulhoftor am Zaun neben dem Fußballfeld aufgebaut. So, als hätten sie sich verpflichtet, dort die Brüder bei deren Rückkehr zu begrüßen. Man hieb sich auf die

breiten Schultern und grunzte, ohne seine Lippen sonderlich weit zu öffnen: »Schön, daß du wieder da bist, Alter, echt!«
Und während sie so standen, hatte ich den Eindruck, als ob sich Eberhard zwischen den fünf anderen fast verloren vorkam. Er wirkte so, als wäre er allein.
Ein paar Tage später konnte man Eberhard und Tina sehen, wie sie nach der Schule Arm in Arm nach Hause gingen – zu ihr nach Hause, dachte ich, sicher nicht zu ihm.
Eigentlich hatten wir erwartet, daß die Brüder, wenn sie in die Schule kämen, etwas gegen uns, Sürel, mich und Ayfer, unternehmen würden. Wir dachten, Viktor wäre ihnen egal, weil er zurückgetreten war. Wir dachten, daß sie sich an uns für ihre Schlappe rächen wollten. Doch wie so häufig bei den Brüdern hatten wir uns wieder mal getäuscht.
Eberhard tat nichts. Er stand nur während der Pausen neben Tina auf dem Schulhof. Manchmal knutschten sie, und manchmal rauchten sie gemeinsam eine Zigarette, immer abwechselnd. Sie standen dort, wo Kai und Lisa, ebenfalls nah beieinander, schon seit vier Wochen jede große Pause standen, meist umarmt. Und mit den Lippen formten sie gespitzte Münder, um wie ein Vogel mit dem Schnabel zärtlich nach der Nase des anderen zu picken. Sie lehnten friedlich aneinander und knabberten an Ohren, Wangen, Mündern.
Auch Karl-Heinz und Franco schienen nichts zu unternehmen. Sie kümmerten sich um ihre Kumpane, verschwanden nach der Schule schnell, wenngleich nicht ganz so schnell wie Viktor.

Er war nach seinem Antrag an Ayfer jedesmal der erste, der nach der Schule auf sein Rad stieg, mit gebeugten Schultern und rotem Regenschirm blicklos Richtung Park einbog und sich, so nahmen wir an, auf den Heimweg machte.
Aber auch hierin irrten wir uns. Doch erfuhr ich das erst später, weil ich, als stellvertretender Klassensprecher, ziemlich viel zu tun hatte, nachmittags vor allem nach dem Unterricht.
Es gab bei uns eine Art Versammlung sämtlicher Klassensprecher an der Schule. Das wußte ich erst, seit ich zweiter Klassensprecher war. Es ging dort um so wesentliche Dinge wie den Kaffeeautomaten – mit Wahltaste für Kakao, aber ohne Wegwerfbecher.
»Wegen der Umwelt«, sagte Ayfer. Ich nickte, denn ich sprach selbst während der Versammlungen am Nachmittag nur selten.
Das war auch gar nicht nötig, denn gleich bei der ersten Sitzung hatte Ayfer vorgeschlagen, ich solle, weil ich sehr gut schriebe, das Sitzungsprotokoll führen. Das tat ich, während Ayfer und die andern Klassensprecher um den Kaffeeautomaten – mit Kakao oder ohne – lange diskutierten.
Ayfer fand die Sitzungen ausgesprochen wichtig. Sie nannte das Demokratie. Ich nannte es Zeitverschwendung, aber nur für mich allein, in meinem neuen Heft.
Ich war mir auch nicht sicher, ob ich mit der Zeitverschwendung recht hatte. Doch war das nicht besonders wichtig. Der eigentliche Grund für mich, jedesmal von neuem an der Sitzung teilzunehmen und ein Protokoll zu führen, war ja nicht die Versammlung, sondern Ayfer.

Einiges von dem, was sie unternahm, begriff ich nicht. Ich hätte verstanden, wenn sie etwas für die Türken oder für die Ausländer an der Schule eingefädelt hätte. Aber sie bestand darauf, daß während des Unterrichts alle Mädchen, nicht bloß die türkischen, bisher benachteiligt worden seien. Das sollte sich ändern. Folglich gab es außer der wöchentlichen Sitzung für den Kaffeeautomaten noch weitere wegen der Mädchen. Und von diesen wurde ich ausgeschlossen. Denn ich war ein Junge.

Und erst als ich deshalb nicht bei diesen Sitzungen anwesend sein mußte, bekam ich mit, daß Viktor von Karl-Heinz und Franco im Park abgefangen wurde.

Ich stand ganz in der Nähe, hinter dem Stamm einer Platane. Denn ich hatte mich unwillkürlich, um nicht sofort bemerkt zu werden, kaum daß ich um die Ecke bog, hinter dem dicken Baum versteckt. Das geschah ohne Überlegung. Wie ein Reflex. Ich sah auch gleich, daß sie ihn nicht zum ersten Mal am Ausgang des Stadtparks schon erwartet hatten und festhielten, als er noch rasch an ihnen vorbeifahren wollte. Sie zogen ihn von seinem Rad, so daß er zur Seite ins Gebüsch fiel.

Als er sich aufgerappelt hatte, stand Viktor mit gesenktem Kopf und eingezogenen Schultern vor den beiden Kahlrasierten und begann zu schluchzen. Das Schluchzen war grauenhaft. Es glich dem Wimmern eines kleinen Kindes.

Sie fragten ihn: »Wo ist das Geld?« Er greinte: »Habt ihr doch ... gestern schon ... vorgestern schon bekommen.«

Sie grinsten, schwiegen kurz und meinten: »Und warum wolltest du gerade abhauen?«
Er sagte nichts, er schien nur weiter in sich zusammenzufallen. Und dabei lief ihm der Rotz vermischt mit Tränen und etwas Spucke, weil seine Lippen zitterten, am blassen Kinn herab.
Ich drückte mich an meinen Baum und konnte es nicht glauben, daß das Häufchen Elend neben dem umgekippten Rad immer noch Viktor war. Viktor, der andauernd steif von großgeschriebenen Wörtern geredet hatte, von Liebe und Gewaltfreiheit. Der sich getraut hatte, nachts mit nichts als einem Scheinwerfer die Brüder zu verjagen.
Karl-Heinz nickte kurz. Er zeigte mit dem Schädel Richtung Boden, und er brauchte – wie der Vater der Janetzki-Brüder gegenüber seiner Frau in der Wohnung im Souterrain – nichts zu sagen, mußte Viktor nicht erst auffordern: Viktor wirkte längst, als habe er darauf gewartet.
Er gehorchte, ohne daß ihn jemand zwang. Er knöpfte seine Hose auf und ließ sie langsam fallen.
Franco bückte sich. Er grinste so wie vor den Pornoheften damals in der Gartenlaube, zog aus einer Plastiktüte etwas vor, das blutig aussah und das ich erst erkannte, als Franco vor Viktor hintrat, ihm die Unterhose aufhielt und die Innereien gemächlich hineingleiten ließ.
Vielleicht war mir die Vorstellung, daß mir so was passieren könnte, ganz besonders widerwärtig. Vielleicht war es auch irgend etwas aus meinen allerschlimmsten Träumen, das Gefühl, daß diese Innereien, sobald sie eine Zeitlang in der Unterhose hängen, warm werden

und dann lebendig, das Gefühl, daß etwas zwischen deinen Beinen glibschig ist und sich bewegt.
Vielleicht war es auch nur der jämmerliche Ausdruck Viktors, das grenzenlos entsetzte Gesicht. Obwohl er doch längst wußte, was ihn erwartete, war alles an ihm eine stumme Bitte. Die weder Franco noch Karl-Heinz beachteten. Im Gegenteil, sie lächelten, als sei ihnen ein wunderbarer Coup gelungen. In diesem Augenblick stieß ich mich von dem Baum ab, dachte: Das Zeug ist aus der Schlachterei am Hafen, und rannte auf Karl-Heinz und Franco zu.
Viktor zog seine Hose hoch, machte drei Schritte und begann zu würgen.
Karl-Heinz sagte: »Laß das Zeug lieber, wo es ist, sonst...!«
Franco griente: »Schau mal, da kommt ein Bekannter.«
Ich mußte mehrmals Luft holen, ehe ich brüllen konnte: »Ihr Schweine!« Doch dann gelang es mir tatsächlich, sämtliche Wörter, die ich kannte, mit einer Stimme, die mir selber fremd war, Franco an den Kopf zu werfen. Ihn hatte ich bis vor kurzem noch für meinen Freund gehalten.
Und obwohl mir Innereien eklig waren, mußte ich noch nicht mal schlucken. Nein, ich schaffte es sogar, auszuholen, um nach ihm zu schlagen.
Franco war überrascht. Karl-Heinz fing meine Faust ab. Viktor würgte, ohne sich zu übergeben. Selbst das gelang ihm nicht in seiner Steifheit.
Dann sagte Franco: »So ist das!« Und schlug mir auf die Lippen.
Während ich nach hinten fiel und auf dem Kiesweg lan-

dete, spürte ich nicht nur mein eigenes Blut, das im Mund wie Eisen schmeckte, sondern fühlte mich auch erleichtert wie noch nie zuvor.
Karl-Heinz und Franco gingen, ohne mich und Viktor noch weiter zu beachten, Richtung Rathaus.
Viktor murmelte erschöpft: »Möchte mich bei dir bedanken.«
Aber da erwiderte ich nur: »Mußt du nicht.« Und während ich ihn stützte, murmelte ich leise: »Denn jetzt sind wir beide quitt.«

27

Ich schrieb in mein Notizheft: *Franco ist besonders eifrig, weil er sich und alle andern erst noch überzeugen muß, daß er es – als Spanier! – ernst meint mit dem, was er gegen Viktor tut.*
Danach klappte ich das Heft zu und schloß es in den Schreibtisch. Alles, was ich aufgeschrieben hatte, stellte sich als richtig raus. Doch weil sich die Ereignisse trotz der kurzen Herbstferien zu überstürzen begannen, kam ich eine Zeitlang nicht mehr dazu, das Heft noch einmal aus der Schublade zu holen.
Und als alles vorbei war und Viktor nicht mehr da, erschien mir ein Notizheft sinnlos, weil sich nichts ändert, wenn man nur darüber schreibt.
Sürel hörte von dem Vorfall mit den Schweineinnereien erst am letzten Schultag vor den Herbstferien. Und viel-

leicht lag es nur daran, daß er glaubte, Viktor würde diesen Zen-Quatsch klasse finden und er, Sürel, müsse ihm deshalb beistehen oder helfen. Jedenfalls entschloß er sich, zu handeln.

Ich erfuhr von dem, was passierte, erst in den Ferien. Aber dann erzählte Sürel es mir und Ayfer ganz genau. Er hatte nach Karl-Heinz gesucht und sich wegen des Kung-Fu-Trainings auch genügend stark gefühlt. Doch traf er weder Eberhard noch Karl-Heinz bei deren Mutter an. Also ging er zu Franco.

Franco war bei seinem Vater auf der Baustelle und trank mit den Bauarbeitern Bier. Als Sürel mittags ankam und zu Franco sagte: »Los, wir gehn in' Park und machen es in einem Einzelkampf aus. Danach läßt du den Viktor dann zufrieden!«, grinste Franco, dem das Bier schon hinter den Augen hockte und die Haut bis hoch zur Stirn hatte rosig werden lassen: »Nee du, Alter, laß ma' gut sein, aber mit Kanacken will ich heute nicht...!«

Die Bauarbeiter lachten. Wahrscheinlich hätte Sürel erfolglos abziehen müssen, wenn nicht Francos Vater, ein Tier mit ungeschlachten Händen, gegrunzt hätte: »Junge, den pustest du doch locker um! Der legt sich, wenn du einatmest, gleich quer vor deine Lunge!«

Und weil sich Franco vor seinem Vater und den anderen Kollegen, die vom Gerüst aus zuschauten, nicht blamieren wollte, und weil er sich, wie immer, vor allem davor fürchtete, als Feigling dazustehen, sprang er auf, klopfte gemächlich den Zementstaub aus der Hose und griff unvermittelt an.

Doch Sürel hatte beim Karate einiges gelernt. Und weil Franco durch das Bier langsam war und kurzatmig,

blieb er am Ende auf einem Haufen nassem Kies und grobem Sand liegen wie ein Käfer auf dem Rücken.
Die Augenbrauen bluteten. Auch die Nase war zerschlagen und die Lippen aufgeplatzt. Er schaffte es nicht mehr, sich zu erheben. Die Bauarbeiter hatten, als sie sich abwandten, gebrummt: »Tja, ist nicht viel los mit deinem Sohn!« Dann warfen sie die Büchsen, die sie ausgetrunken hatten, neben Francos Kopf aufs Pflaster, so daß es in seinen Ohren unangenehm gescheppert haben muß.
Einige kratzten sich am Hals. Einige spuckten in den Staub. Und Francos Vater hatte wohl gesagt: »Na, gut, Kanacke, dieses Mal hast du gewonnen. Aber laß dich hier nie wieder sehn!«
Kurze Zeit später schlug eine Gang Sürel im Stadtpark zusammen. Es mußte eine Gang sein, dachte ich, die Karl-Heinz oder Franco kannten. Ich war mir sicher, daß Sürel auch so etwas annahm.
Doch blieben das Vermutungen. Er sagte, als wir ihn im Krankenhaus besuchten: »War ähnlich wie damals im Park, nur dauerte es länger. Und außerdem sind es mindestens acht gewesen, und eine Viertelstunde hab ich mich noch gewehrt!« Auf diese Viertelstunde schien er ziemlich stolz zu sein.
Man konnte nicht erkennen, ob es an den acht Mitgliedern der Gang gelegen hatte oder ob die Viertelstunde ausschlaggebend gewesen war: Jedenfalls war Sürels Gesicht nur noch ein verschorfter Klumpen.
Er erzählte uns, daß er sich, als er das erste Mal nachts aufgestanden war, um vorsichtig zur Toilette zu humpeln, im Zimmer hatte mehrfach an den Schränken stüt-

zen müssen. Auf dem Gang war er gekrochen, weil ihm der Abstand der Wände unendlich groß vorgekommen war. Auf der Toilette hatte er sich schließlich im Spiegel angesehen und war sich mit den Fingern durchs Gesicht gefahren, um sicher zu sein, daß das, was er sah, auch wirklich zu ihm gehörte.

»Hat Glück gehabt«, sagte der Arzt zu Ayfer, »nichts gebrochen. Innen nichts verletzt. Nur seine Finger sind verstaucht, und eine Schulter wurde ihm anscheinend ausgekugelt.«

Wir hockten erst vor Sürels Bett und wußten nicht, worüber wir uns mit ihm unterhalten sollten, nachdem er uns die Schlägerei haarklein geschildert hatte. Ayfer sagte später, als wir, weil er schlafen wollte, auf dem Gang entlangspazierten: »Es ist ein bißchen so wie damals – als ich zweimal bei Viktor war wegen seiner Wange. Es war, als wäre man gefangen.«

Ich wandte ein: »Du meinst *be*fangen?«

»Befangen, von mir aus... weil dort das Bett steht..., und dann sind auch noch andere im Raum.«

»Bei Viktor auch?«

»Bei Viktor nicht. Der hatte einen Fernseher.«

»Fernseher?«

»... und lag einzeln.«

Wir sahen uns die Bilder an, die wie besonders bunte Kleckse an den schrecklich weißen Wänden hingen. Und plötzlich kam es mir so vor, als sei ich Ayfer nie so nah gewesen.

Später kam Viktor, und er war noch wesentlich befangener als jeder von uns beiden.

Er schämte sich. Vor Ayfer noch immer wegen seines

Antrags. Vor Sürel, weil der ihm hatte helfen wollen. Vor mir, weil er nur auf dem Rasen gekniet hatte, um trocken vor sich hin zu würgen, ohne sich zu trauen, das Zeug aus seiner Hose zu entfernen, auch als Karl-Heinz und Franco schon längst verschwunden waren.
Er sagte wenig, brachte Blumen, sogar Konfekt, und ging bald wieder, als müsse er von nun an sein Leben lang mit gebückten Schultern durch irgendwelche weißen Gänge schleichen.
Ich murmelte: »Ich mag ihn nicht!« Und staunte dann, wie leicht es war, einfach etwas zu sagen – und gerade so was.
Sürel versuchte auch zu sprechen, doch kam jetzt nur ein leises Nuscheln. Es schien, als ob die Lippen schon wieder angeschwollen waren. Wahrscheinlich hatte er am Anfang unseres Besuchs zuviel geredet. Wir halfen ihm, sich aufzusetzen. Er nuschelte: »Viktor wird ja wohl bald weg sein aus der Klasse. Vor Weihnachten noch, hat er mir gesagt.«
»Na ja«, meinte Ayfer. Dann fragte sie vorsichtig, weil sie wußte, wie empfindlich Sürel war: »Denkst du immer noch, man sollte so was in Einzelkämpfen lösen – Mann gegen Mann?«
Wir schwiegen. Selbst das Schweigen wirkte in diesen Räumen weiß.
»Diesmal«, hauchte Sürel, »zeig ich sie an.«

28

Mädchen und Kaffeeautomaten traten in den Hintergrund, wir trafen uns mit Freunden und einigen der Klassensprecher noch während der Ferien. Wir redeten über Karl-Heinz und ob man von der Schule, von den Klassensprechern aus etwas gegen ihn machen sollte, auch gegen Franco. Oder ob man sich lieber auf sich selbst verlassen sollte, auf die eigene Stärke.

Die Stimmung wurde hitzig. Mittendrin sagte Ayfer etwas, das so klang, als würde Viktor vor der versammelten Klasse sprechen. Aber wenn man genauer hinhörte, merkte man doch, daß es ein bißchen anders klang. Und dieser kleine Unterschied war wichtig.

Nur erkannten den nicht alle, die an dem Treffen teilnahmen.

»Nein«, sagte Ayfer nachdrücklich, »es ist nicht gut, gleich zuzuhauen. Wir müssen versuchen, *so lange*« – darin bestand der Unterschied – »wie es geht, etwas anderes zu machen.«

Einige murrten. Vor allem Sürels Kung-Fu-Freunde, die auch mit in der Runde saßen. Sie mochten *etwas anderes* nicht. Sie fragten, was Ayfer damit meine.

Ayfer antwortete zögernd. »Wir müssen mit den Lehrern reden, denn anders funktioniert es nicht!«

Die Runde wurde unruhig. Sehr viele erwiderten: »Mit Lehrern redet man nicht.«

Wahrscheinlich dachten sie, Ayfer so davon abzuhalten, nach den Ferien mit den Lehrern über Karl-Heinz und

Franco zu sprechen. Aber das lag nur daran, daß sie Ayfer nicht kannten, nicht so gut wie ich.
Es fand noch ein einziges Treffen statt, diesmal im Lagerraum des Obstgeschäfts von Ayfers Eltern. Bei diesem Treffen wurde deutlich, daß sich die Stimmung gewandelt hatte, daß sehr viele plötzlich gegen Ayfer standen oder zumindest mißtrauisch waren. Und als sie ihren Vorschlag noch einmal wiederholte und darauf beharrte, daß eine Massenprügelei überhaupt nichts ändern würde, stand einer von Sürels Kung-Fu-Freunden auf, sah sie finster an und spuckte Ayfer vor die Füße.
Danach wandte er sich ab und verließ den Lagerraum. Und auch wenn er am Ausgang auf Trockenbohnen ausrutschte und beinah hingefallen wäre, auch wenn deshalb alle lachten und er wütend die Tür zuschlug: Dies kurze Lachen war nichts als der Versuch, die gespannte Atmosphäre, die auf der Versammlung lastete, zu lockern.
Aber das gelang nicht. Denn nachdem die Tür ins Schloß gefallen war, versickerte das Lachen schnell, und einige erhoben sich und gingen ohne zu grüßen.
Als ich mit Ayfer am nächsten Tag, dem letzten Tag der Herbstferien, vormittags zum Krankenhaus kam, um noch einmal Sürel zu besuchen, trafen wir Kai und Lisa. Lisa erzählte, daß Karl-Heinz und Franco schon von unseren Treffen wußten. Das habe sie gehört. Von Tina. Auch von anderen.
»Und sicherlich wissen die auch«, sagte Lisa leise, »was ihr dort besprochen… daß ihr euch gestritten habt… und daß Ayfer wenig Unterstützung findet.«
»Ist egal«, knurrte Ayfer.

Kai sagte: »Glaub ich nicht.«
Lisa meinte: »Das wird schwierig. *Du* wirst Schwierigkeiten kriegen.«
Sürel, der in seinem Zimmer auf dem Bett saß und schon wieder Schokolade essen konnte, nuschelte: »Laßt die Lehrer lieber weg! Ich geh zu den Bullen.«
Dann grinste er, schwang sich von der Bettkante und lachte: »Viktor hat mich eingeladen: eine Woche. So lange kann ich sowieso noch nicht in den Unterricht.«
»Reimt sich«, sagte ich.
Und Sürel wiederholte: »Eine Woche!«
»Eingeladen?« fragte Lisa.
»Eingeladen«, lachte er. Kaute seine Schokolade. »Von Viktors Vater.«
»In das Haus mit den Geparden? Mit den Porzellangeparden?«
»Kein Haus, eine Insel, irgendwo im Meer.«
»Insel?«
»Da muß er hin – Geschäfte! Irgend so was, was weiß ich. Ich werd in der Sonne liegen ... und dabei an Franco denken ... und in meine Cola Kiwischeiben tun.«
Als wir das Krankenhaus verließen, nahm ich meinen Mut zusammen, schaute Ayfer an und sagte: »Kai hat recht, das geht nicht gut.«
Immer noch die bunten Bilder an den schrecklich weißen Wänden.
Während ich mich wunderte, wie leicht mir das Sprechen mittlerweile fiel, lächelte Ayfer. Ihre Augen blinzelten verschmitzt. Sie fragte: »Machst du dir Sorgen? Um mich?«

Ehe ich darauf antworten konnte, reckte sich Ayfer auf die Zehenspitzen und gab mir mitten im Krankenhausgang einen Kuß.

29

Vielleicht hätte mich dieser Kuß tagelang beschäftigt. Vielleicht hätte er mich, auch wenn er nur kurz, trocken und eher winzig war, wieder für eine Weile zurück in die Starre fallen lassen. Aber da die Ereignisse zu rasch aufeinanderfolgten, kam ich nicht dazu, über Küsse nachzudenken.
Es hatte sich tatsächlich bis zu den Brüdern herumgesprochen, daß Ayfer mit den Lehrern reden wollte, obwohl man – klare Regel – so etwas nicht tut.
Wir waren zu dritt, als wir am ersten Schultag morgens die Klasse betraten: Ayfer, ich und Viktor. Ich ging mit Ayfer Hand in Hand und spürte ihre Finger bis in den Bauch, vielleicht sogar noch tiefer.
Viktor lief ein Stück voraus. Im Schulflur hallten unsere Schritte. Auch Viktors Schlurfen war zu hören. Er erreichte die Tür der Klasse, während er sich nach uns umsah, drückte die Klinke, so, als sei sie sehr zerbrechlich, vorsichtig nach unten. Schaute kurz ins Klassenzimmer, schrak zusammen, zögerte, drehte sich erneut um, wollte Ayfer am Betreten unseres Klassenraums hindern, brachte jedoch keinen Laut über die Lippen, schüttelte nur langsam seinen Kopf.

Vielleicht hätte man lachen müssen wegen des Anblicks, doch Ayfer schob Viktor beinah grob zur Seite und betrat den Raum.

Zuerst sah man zehn kahle Köpfe, die in der Klasse an den Tischen saßen und auf die Tafel starrten. Sie saßen so, daß man die Absicht in der Anordnung erkannte. Sie bildeten im Raum das Muster einer langgestreckten Raute. Und sahen so, wie sie dort saßen, alle gleich aus. Gleiche Glatze, gleiche Jacken, gleiche Hose, Springerstiefel, gleicher Blick, verschlossene Lippen, alle stellten sie ein ähnlich unbewegtes Gesicht für uns zur Schau. Neben Franco und den beiden Brüdern waren es die sechs, die bei der Wahl für Franco gestimmt hatten.

Auch Tina saß als einziges Mädchen am hinteren Ende der Raute. Doch sie erschien mir mit dem kahlgeschorenen Schädel nicht nur eigenartig fremd, man sah auch, daß sie sich sehr unwohl fühlte. Ihre Augen flackerten, und schließlich schloß sie sie sogar. Später begriff ich, daß sie nur wegen Eberhard dort saß. Doch im Moment waren die Gründe nicht so wichtig. Denn die zehn Uniformierten mit ihren kantigen Köpfen und ihren überwiegend stoischen Gesichtern gaben ein eindrucksvolles Bild ab, das bedrohlich wirkte.

Der Anblick ließ mir einen Schauer langsam den Rücken herunterrieseln. Einen Augenblick glaubte ich, den Sog zu spüren, der von der Gruppe ausging. Obwohl die, die dort saßen, nur Beiwerk waren. Wichtiger war das, was mit roter Kreide an der Tafel stand:

Es ist nicht richtig, daß eine Türkin – Türkin war durchgestrichen worden, darüber stand: *TÜRKENFOTZE – bei uns Klassensprecher ist.*

Daneben war ein Galgen mit einem Strichmännchen gemalt, das einen Rock trug, zusätzlich ein Kopftuch.
Wir standen zu dritt nah der Tür. Einen Augenblick lang herrschte in der Klasse vollkommene Stille.
In diesem kurzen Moment schaute ich zu Eberhard, der mich nicht ansah, sondern weiter nach vorn zur Tafel stierte – aber ich merkte, daß er sich unsicherer fühlte als die andern, die dort saßen, ausgenommen vielleicht Tina.
Er senkte schließlich seine Lider, und während ich ihn anschaute, fiel mir wieder ein, wie seine Augen ausgesehen hatten, wie haßerfüllt sie damals gewesen waren, als Viktor seinen Bruder vor der gesamten Klasse bloßgestellt hatte. Und ich erinnerte mich plötzlich, daß er schon mal den gleichen Ausdruck in den Augen gehabt hatte.
Weil ich damals glaubte, Eberhard zu mögen, hatte ich ihn – bevor wir zum Billardspielen gingen – gefragt, ob er oder sein Bruder nicht manchmal überlegten, was gegen ihren Vater zu tun. Und er hatte mit diesem Blick, in dem die ganze Trauer lag und wie eine Folie dicht darüber der Haß, vor sich hin gestarrt und dann gezischelt: »Irgendwann mach ich ihn alle. Wenn unsere Mutter es will.« Er schien mich dabei nicht mehr wirklich neben sich wahrzunehmen, sondern sah so aus, als ob er nur noch aus kalter Wut bestünde.
Ich betrachtete Eberhard, wie er vorn zur Tafel stierte. Ich überlegte, ob sein Verhalten das bezeichnen könnte, was man solidarisch nannte. Ich kam zu keinem Entschluß mehr. Ayfer lief weinend hinaus.
Und während ich, ehe ich ihr hinterherlief, noch daran

dachte, daß nach den großen Ferien nur zwei mit Glatze dort gesessen hatten und jetzt schon zehn, ging neben mir durch Viktor ein Ruck.
Man konnte es spüren. Er riß sich zusammen. Und stakste, so, als habe er noch einmal alle seine Kräfte mühsam versammeln können, vor an die Tafel, nahm den Schwamm, wischte über den Satz und löschte besonders sorgfältig den Galgen.
Dann schrieb er mit ebensolcher Kreide, wie Franco sie benutzt hatte – ich kannte Francos Schrift –, auf die noch feuchte Fläche: *Vielleicht habt ihr ja recht.*
Er zögerte kurz, sah sich um. Doch alle schwiegen. Er schrieb weiter, noch sauberer als vorher, gestochen scharf: *Weil ihr eines Menschen* – das Wort unterstrich er – *gar nicht würdig seid.*
Die Luft im Klassenraum war heiß und trocken. Deshalb tauchte die Schrift – man konnte dabei zusehen – auf der noch feuchten Tafel rasch rot und leuchtend auf.
Ich dachte: Jetzt paßt das Wort zu Viktor – *würdig*. Und rannte Ayfer, die im Gang vor einem Fenster lehnte, hinterher.
Diesmal gelang es mir, sie in den Arm zu nehmen und zu trösten. Das lag wahrscheinlich an dem Kuß. Gemeinsam mit Lisa brachte ich sie nach Hause. Wir sagten: »Ruh dich erstmal aus.« Und blieben bei ihr.
Aber am Nachmittag ging ich, weil wir noch Sport hatten und weil mich eine Ahnung dazu trieb, in die Schule zurück.
Ich fragte Kai, ob noch was vorgefallen sei, aber er zuckte bloß die Schultern und sah ein bißchen ratlos aus. Wie jeder hatte er damit gerechnet, daß die Brüder

oder Franco etwas gegen Viktor unternehmen würden. Doch alle Kahlgeschorenen hatten sich gleichgültig verhalten. Sie sahen Viktor weder an, noch taten sie ihm etwas.
Kai murmelte: »Aber es herrscht so eine Ruhe, als würden alle abwarten, als ob sich irgendwas zusammenbraut.«
»Und wie hat sich Viktor verhalten?«
»Sonderbar. Eigenartig. Irgendwie, als ob er sein Urteil kennen würde – und sich damit schon abgefunden hat.«
»Und warum geht er nicht nach Hause?«
Kai zögerte. Man sah, wie er begann zu grübeln. Dann zuckte er die Schultern: »Weil er sich abgefunden hat.«

30

Wir zogen uns zum Sport um. Alle, auch die Brüder, bewegten sich sehr vorsichtig. Niemand schaute dem andern in die Augen. Keiner sprach. Jeder tat nur, was er immer tat, wenn wir nachmittags noch Sport hatten.
Viktor hielt sich abseits, von allen, auch von mir und Kai. Wenn ihm Karl-Heinz oder Franco zu nahe kamen – und zu nahe hieß näher als zwei Meter –, begann er am ganzen Körper zu zittern. Aber er hielt durch.
Er hätte zu unserem Sportlehrer sagen können: »Mir ist schlecht.« Der Lehrer hätte ihn angeschaut und Viktor, der noch bleicher wirkte als sonst, nach Hause gehen lassen.

Aber selbst diese Möglichkeit schien ihm verstellt zu sein. Es war, als liefe er auf Schienen. Am Ende der Gleise stand ein Prellbock, und ohne anzuhalten, fuhr Viktor darauf zu.
Ich überlegte, daß es etwas wie ein Zwang sein mußte, Hypnose oder so was, und deshalb rempelte ich Viktor gleich zu Beginn der Stunde an. Er fiel hin, schlug sich ein Knie auf, betrachtete verwundert das frische Blut und tupfte mehrmals mit dem Zeigefinger gegen die aufgeschürfte Haut.
Doch obwohl er danach wacher wirkte, schien er noch immer nicht zu begreifen, was wirklich um ihn herum geschah. Er sah mich nur mit großen Augen an.
Der Sportlehrer verwarnte mich, gab einen Freistoß und fragte Viktor, bevor er das Spiel wieder anpfiff, ob Viktor weiterspielen könne.
Viktor schaute auf das Blut, schüttelte erstaunt den Kopf, so, als habe er noch nie eine Schürfwunde gesehen, hob die Hand, als regle er den Verkehr, und sagte überdeutlich: »Ja.«
Wir spielten Fußball. Viktor spielte ungeschickt wie immer in der Verteidigung und war für niemanden ein Hindernis.
Als der Pfiff des Sportlehrers das Fußballspiel beendete, ging er genau wie alle andern zurück zur Umkleidekabine. Er trottete, um weder Franco noch Karl-Heinz oder Eberhard zu nah zu kommen, einfach ein paar Meter hinter den anderen her.
Ich war mir sicher, daß in der Kabine etwas geschehen würde. Ich hatte keine Ahnung, was. Und wußte auch nicht, wie ich Viktor hätte helfen können. Ich war nur

derart konzentriert auf das, was mit absoluter Sicherheit gleich geschehen würde, daß mein Körper steif wie ein Stück Holz war.
Die Haut fühlte sich taub an. Die Hände wurden auf dem Weg zur Umkleidekabine feucht. Die Lippen flatterten. Ich knirschte mit den Zähnen.
Vor der Kabinentür stand Tina. Sie wartete auf Eberhard. Ich sah nach ihm: Er wußte nichts. Er zog sich ohne Eile aus und schlidderte dann in den Duschraum. Einige der andern gingen nach Hause, ohne erst zu duschen. Aber Viktor duschte immer, jedesmal. Später dachte ich, daß vieles verhindert worden wäre, wenn er an diesem einen Tag darauf verzichtet hätte.
Er tat es nicht. Auch diesmal mußte er sich noch waschen. Weil es sich so gehörte. Oder weil Gewohnheiten für ihn heilig waren.
Als Kai und ich uns ausgezogen hatten und, um in Viktors Nähe zu bleiben, ebenfalls in den Duschraum gingen, kam uns erst Eberhard entgegen. Kurz danach verließ auch Viktor, das Handtuch um die Hüften und so, als wolle er mit uns nichts mehr zu schaffen haben, den gekachelten Raum, in dem der Wasserdampf sämtliche Scheiben beschlug.
Ich merkte, daß ich immer noch mit den Zähnen knirschte. Viktor hingegen watschelte, als habe er mit allem auf seine Art schon abgeschlossen, blicklos Richtung Tür. Er schien, trotz der Nähe Eberhards, nicht mal mehr zu zittern.
Kai und ich sahen uns ratlos an. Kai mußte blinzeln, weil er seine Brille in der Hand hielt und deswegen ausgesprochen wenig sehen konnte.

Der Strahl der Dusche prasselte hart auf die grünlichgelben Kacheln. Im Umkleideraum blieb es still, als Viktor aus der Dusche kam. Man sah seine Fußabdrücke, Flecken auf dem Linoleum im Gang, von dem die Klos abgingen. Patsch machten seine Füße. Dann hatte er die anderen erreicht.

Wir zuckten mit den Schultern, weil uns die Stille unheimlich vorkam. Wir runzelten die Augenbrauen, und ich überlegte, als Kai mich fragte: »Na, und jetzt?«, ob ich Viktor folgen sollte. Trotz dieser Art, mit der er uns zu verstehen gegeben hatte, daß alles nur noch ihn etwas angehe, ihn allein.

Ich drehte am Duschknopf. Das Wasser wurde wärmer.

Kai sagte: »Komm, wir gucken mal.«

Dann brach der Tumult los.

Wir rannten ohne Handtücher den kurzen Gang entlang und sahen, als wir die Tür zum Umkleideraum erreichten, daß Franco und Karl-Heinz Viktor auf eine Bank hoben.

Viktor ließ es willenlos geschehen. Er sperrte sich nicht, strampelte weder, noch rief er etwas. Er stieg nur nicht von allein auf die Bank. Karl-Heinz mußte den nackten, schmächtigen Körper hochheben. Und Franco stellte Viktors Füße auf der Holzbank ab.

Die andern – fast alle kahlrasiert und angezogen – klatschten rhythmisch oder schlugen mit den Schuhen an die Wände. Inmitten dieses Kessels stand, noch immer unbekleidet, Viktor, der nicht mal mehr fähig war zu zittern.

Der Lehrer war wohl schon gegangen. Kai setzte seine Brille auf. Sie fiel ihm fast herunter.

Nackt und mit Brille wirkte er hilfloser als zuvor. Und als die Gläser rasch beschlugen, obwohl er dran herumwischte, sah Kai fast gar nichts mehr.
Viktor stand jetzt, ohne daß ihn irgend jemand festhielt, auf der Bank. Das Trommeln steigerte sich noch. Und während ich für Augenblicke meinte, den Sog zu spüren, den Drang, der meine Hände, unabhängig von mir selbst, dazu bewegen wollte, auch zu klatschen oder an die Tür zu hämmern, rhythmisch und zunehmend schneller, sagte Franco, und er holte währenddessen ein Springseil unter der Bank hervor: »Wir hängen Viktor auf!«
Die Worte füllten den Umkleideraum aus bis unter die Decke.
Das Trommeln wurde trockener. Einige, die gejohlt hatten, hielten jetzt die Klappe. Doch das Klatschen der andern forderte von Franco, die Schlinge, die er mit zwei, drei kurzen Handgriffen geknüpft hatte, um Viktors Hals zu legen. Noch wußte man nicht, ob es nur ein Scherz, bloß ein makabres Spiel sein sollte.
Aber gerade als ich merkte, wie mich die Lähmung wieder überfiel – die, die es mir unmöglich machte, zu sprechen und mich zu bewegen –, warf Franco das andere Ende des Seils über ein Heizungsrohr an der Decke. Und während er langsam die Schlinge an Viktors Hals zuzog, baumelte das lose Ende neben Viktors Ohren.
Kai hatte die Brille heruntergerissen und öffnete den Mund. Das Klatschen war stumpf, doch immer noch treibend. Viktor stand reglos auf seiner Bank und hielt die Augen geschlossen.
Es schien, als wäre der Vorgang ihm beinahe gleichgül-

tig. Als stünde er dort, um sich auszuruhen. Als wäre nicht er der, den alles betraf. Und diese Teilnahmslosigkeit war schrecklicher, als wenn er laut geschrien hätte. Karl-Heinz sagte beiläufig: »Siehst du, jetzt ist es soweit.«

Viktor erwiderte nichts.

Nur Eberhard, der sich bisher bloß abgetrocknet und danach ruhig angezogen hatte, der weder geklatscht noch irgendwie getrommelt hatte, wisperte, ohne dabei seinen Kopf zu heben und dennoch so, daß alle ihn verstehen mußten: »Laßt ihn los.«

Weil die wenigen Worte wie eine Drohung klangen, drehte sich Karl-Heinz rasch um, musterte seinen Bruder und trat ihm zwischen die Beine.

Tina, die an der Tür des Umkleideraums wartete, rief: »Das kannst du doch nicht machen!«

Kai schlidderte, noch immer nackt, auf Franco und das Springseil zu.

Eberhard krümmte sich zusammen. Seinem Blick war anzusehen, daß er von nun an seinen Bruder genauso wie den Vater hassen würde.

Kai, dem jemand ein Bein stellte, kippte in eine Ecke.

Noch immer klatschten einige. Tina schlug beide Hände erschrocken vor den Mund und ächzte.

Franco, der neben Viktor stand, schien erst noch kurz zu zögern. Dann zog er an dem Seil.

Aber das Heizungsrohr gab nach. Deshalb glitt das Seil herunter. Das Geräusch, das dabei entstand, klang so, als ob die Halterung des Rohres stöhnen würde.

Und obwohl Viktor mittlerweile schon blau war im Gesicht und an den Lippen, ließ er sich von Karl-Heinz und

Franco zu einem Handwaschbecken zerren, ließ es geschehen, daß die Schlinge unter dem Wasser festgezogen wurde.

Als Franco sagte: »Noch einmal!« und nur darauf zu warten schien, daß Karl-Heinz nicken würde, stellten auch die letzten ihr Klatschen endlich ein.

Doch erst als Tina an der Tür mehrmals hintereinander, wenn auch nur leise seufzte: »Nein!«, erst als Kai sich in der Ecke aufrappelte und Eberhard, die Hände auf dem Unterleib, keuchte: »Du bist nicht mehr mein Bruder!«, erst als Karl-Heinz sich in dem Raum, der plötzlich eng wirkte, wild umsah, gelang es mir, mich wieder zu bewegen.

Ich bückte mich zu meiner Fahrradpumpe, hob sie hoch über meinen Kopf, umklammerte sie fester und ging auf Franco zu.

Michael Wildenhain, geboren 1958, lebt mit Freundin und Tochter Lydia in Berlin-Kreuzberg. Er machte ein Maschinenbaupraktikum, jobbte als Buchhalter und studierte u. a. Philosophie und Informatik. 1983 erschien seine erste Erzählung *zum beispiel k.*, 1989 sein Gedichtband *Das Ticken der Steine*, 1991 der Roman *Die kalte Haut der Stadt* und zuletzt 1994 der Erzählungsband *Heimlich, still und leise*. Wildenhain erhielt den Leonce-und-Lena-Förderpreis für Lyrik und den Ernst-Willner-Preis beim Ingeborg-Bachmann-Wettbewerb in Klagenfurt. Der vorliegende Roman *Wer sich nicht wehrt* ist sein erstes Jugendbuch.